JN049882

前略。山暮らしを始めました。
2

夏休みはみんなで
ごみ拾いウォーク!

前略。山暮らしを始めました。
2
浅葱
illustration しの

口絵・本文イラスト
しの

装丁
coil

CONTENTS

俺は佐野昇平（さのしょうへい）。二十五歳、独身。

故郷から離れたところにある山を買い、そこで暮らし始めて約四か月が経（た）ったところだ。

とある事情により山で隠棲（いんせい）する予定だったが、引っ越した時期は寒さがまだ残る三月後半。俺は三日でその寒さに挫（くじ）け、寂しくなって山の麓（ふもと）にある村へと出かけた。

おりしもその日は村の春祭り。

ふらりと立ち寄った神社の境内で、縁日の屋台からカラーひよこを三羽買った。

これでもう寂しくないだろうと、寒さに負けそうになりながらもひよこを育てていったら、何故（なぜ）か一月（ひとつき）もしないうちに三羽はりっぱなニワトリに成長した。

しかもそのニワトリたち、なんと恐竜みたいな尾があり、口の中にはギザギザの歯。

そして極めつけは、

「アソブー」

「アソブー」

「サノー」

いつのまにか人語までしゃべるようになってしまったのだった。

このニワトリたち、マムシは食べるししかもイノシシまで狩ってくる。

山を買う際、親戚（しんせき）と共に仲介してくれた村のおっちゃん夫妻（母方の親戚の友人）の厚意により、そのイノシシを村の人たちに振舞うことができてよかった。

その集まりでうちの東側の山に住む若いお嬢さんと知り合い、そのお嬢さん——桂木実弥子の飼っている大きいトカゲ（現在はドラゴンさんと呼んでいる）とも知己になった。

ドラゴンさんの名前はタツキという。

そして反対隣のニシ山のイケメンとも、ある夜に出逢うこととなった。そのイケメン——相川克己が飼っているのは大蛇二頭。そのうちの一頭は上半身が女性の姿をしていて……ってラミアかよ！

上半身が女性の姿をしている雌の大蛇はリン、普通の雄の大蛇（普通の大蛇ってなんだ？）はテンといった。こちらも人語を話すのだけど、それを知っているのは俺だけである。

この村ヤベー、つーかうちのニワトリも含めて隣人のペットがヤベーと思っていたら、両隣ともワケありだった。

桂木さんはDVカレシから逃れて隣山に辿り着き、相川さんはストーカーから逃れてニシ山に籠っていた。

幸い相川さんのストーカー問題は解決したものの、桂木さんの問題は未だ継続中。

そんな中、村で毒蛇が大量発生したとの報を受け、うちのでっかいニワトリ部隊が出動することになった。

そう、何故かうちのニワトリたちはなんの因果かありえないぐらい成長しているのだ。体長はもう一メートルを超えている。ありえねー。

でもちゃんと俺のことは飼主だって認識してるし、なんだかんだいってかわいいからもうこういうものだと思うことにしている。

いつでもやる気満々で一つところに落ち着かないオンドリのポチ、俺には超ツンデレだけどしっかりものなメンドリのタマ、そしていつもは俺の側（そば）にいて癒（いや）してくれるメンドリのユマが日を変えて村に出張し、毒蛇騒動はどうにか収束したのである。

おかしいな。

俺は確か世捨て人になるつもりで山を買ったのに、どうしてこんなに忙しいんだ？

首を傾（かし）げながらも、でっかいニワトリたちとこれからも暮らしていくのである。

1　ニワトリにも予防接種が必要らしいのでしてみることにした

七月の、月曜日の朝はしとしと雨だった。昨日（きのう）のうちにがんばっていろいろ作業をしておいてよかった。
いくら天気予報を見ていても山の天気は気まぐれで、ほとんどあてにならない。平地の天気予報だけではなく山の天気予報を出してほしいぐらいである。できればピンポイントで頼む。（無茶言うな）
燕（つばめ）は雨が降りそうになると低く飛ぶとか、猫が頻繁に顔を洗っていると雨になるとか、まぁそれなりに根拠がある話ではあるが、燕はこんな山の上は飛んでいないし、猫も飼ってはいない。
猫かー……縁側で猫とひなたぼっことか、こたつで丸くなる姿を見てみたい気もするが、うちの山で暮らしていくことを考えたら家猫ではだめだろう。やはりヤマネコぐらいのバイタリティがないと難しいと思う。だってニワトリを狩るどころか逆に狩られそうだし。

「雨……だるいなー……」

朝食の支度を簡単にし、昨日おっちゃんちからもらってきた野菜（正確にはニワトリ派遣のお礼の一部だ）の非可食部分をまとめてキレイに洗いニワトリたちに出す。どうせ食べ残しなどは畑の横に捨てたりするのだ。って食べ残すような量は作らないけど。（作りすぎたら基本は冷蔵庫だ）

「予防接種か……」

六月中におっちゃんに言われたことである。ニワトリに卵を産ませるつもりなら予防接種はさせた方がいいと。

それで養鶏場の知り合いを紹介してもらい、予防接種の種類などを教えてもらっていた。養鶏場には定期的に獣医の先生が来てくれるそうで、その先生が来た時一度タマとユマの診察はしてもらっている。（ポチは何故かその時逃げた）

その際ニワトリの予防接種の説明を詳しく聞き、後日改めて連絡するなんて話をしていたのだ。

今日はタマとユマが山の中のパトロールをする為（ため）に出て行った。具体的な場所まではわからない。

ポチが今日は家の周りにいてくれるらしい。

昨夜は昨夜でたいへんだった。

タマの件である。家を一晩空けてニワトリに留守番を頼むなんてことはめったにないが、一昨日（おととい）の夜はタマが留守番をかって出た。

そこまではいい。

昨日おっちゃんちであった会合（ニワトリ派遣終了の飲み会）から帰ってきたらタマがありえないぐらい汚れていたのだ。もしかして夜通し走り回っていたのではないかと聞いたらタマはそっぽを向いた。そしていろいろあったがタマは逃げ出したのだ。

タマが戻ってきた時、

「逃げるってことは悪いことをしたって自覚があるんだろ？　謝ろう？」

と諭したのだがタマはフイッと顔を横に向けるばかりだった。

「タマが山に残って見回りをしてくれているのはありがたいんだよ。でも限度ってものがあるだろ？　俺はタマが心配なんだ」

感謝と心配しているということをはっきり伝える。だって俺ではイノシシが突進してきても対処はできない。まあなかなかそんな事態には遭遇しないだろうが、イノシシが増えているかもしれないとおっちゃんも言っていたしな。

タマは逃げなかったが、代わりにつつかれた。なーんーでーだー。

疲れていようが雨が降っていようが家と畑の周りぐらいは見なければならない。さすがに土砂降りの時とかは無理だけど。ポチが付き添ってくれるのがとても心強い。来年はもっといろんな野菜を植えようと思う。

しばらくするとポチがまたマムシを捕まえてきた。いつもとは違って、なんかマムシのおなかの辺りがふっくらしているような気がする。

そういえば産卵の時期かもしれない。でも確かそれは八月以降だと聞いたような気がする。ただ、多少時期がずれる個体もあるのかもしれないと思った。

「ポチ、ちょっと待っててくれるか」

そのまま捕まえておくように頼んで、おっちゃんに電話をした。

「おう、昇平か。どうした？」

「ポチがまたマムシを捕まえたんですが、なんかおなかの辺りがふっくらしているんですよ」

「まだ時期的には早いが卵抱えてるんじゃねえか？　持ってこれるなら持ってきてくれ。マムシの卵は滋養にいいからな～」

そうなのか。ってことは酒に漬けるんじゃなくて食べるのかな。俺はポチにそのマムシはくれと頼んでペットボトルを家に取りに戻った。で、無事捕獲。さすがにペットボトルの口ではおなかの辺りがつかえるので、上の方を切って中に入れてもらい、ガムテープなどで厳重に蓋（ふた）をした。またペットボトルを買ってこないとな。って、飲む目的っていうより蛇捕獲の為のペットボトルってなんなんだよ。毎日作業しているから水分補給は必須（ひっす）なんだがどうにも納得がいかない話だった。

今日はもうアレなので明日おっちゃんちに持って行くことにする。

忘れないうちにと、獣医さんに電話をかけた。

養鶏場を営んでいる松山（まつやま）さんのところで会った佐野（さの）です、と名乗ったら「ああ、あの羽毛恐竜の！」と言われた。やっぱうちのニワトリってニワトリじゃないのか？　羽毛恐竜なら羽毛恐竜でもいいんだけどあんまり認めたくはない。恐竜はロマンなんだけどそこまで爬虫類（はちゅうるい）っぽくはないし。（せめてもの抵抗）いや、恐竜は爬虫類じゃないか。鳥の祖先なんだよな。難しい。

「予防接種をお願いしたいと思っているのですが、いつ頃お伺いすればいいですか？」

と聞いたら獣医さんは少し渋った。

「うちは全然かまわないんだけど、近所の人に見られるとまずいと思うんだよね。勝手に写真撮られてSNSとかに上げられたりしたら困るでしょう」

「ああ、確かにそういう時代ですもんね……」

肖像権どこいった。って、ニワトリには適用されないか。

「そうしたらどうすれば……」

夜間とかでも安全とはいえないだろうし。

「ちょうど木曜日に松山さんのところへ行く用事があります。松山さんに許可を取る必要はあるけど、その時でよければさせていただきますよ」

「はい！　ではそれでお願いします！」

俺は一も二もなく飛びついた。俺がお願いする立場なので、まず俺が養鶏場を営んでいる松山さんに電話をかけた。

「ああ、予防接種することにしたんだね。それはよかった。うちのとこ？　うん、いいよ～」

松山さんは快く受け入れてくれた。本当に頭が上がらない。

「そういえばこの間の鶏肉(とりにく)の味付けとかをちょっと変えてみたんだ。うちで振舞うから食べて行ってくれないかな」

「え？　いいんですか？」

「この間言ってた友達も連れておいで」

参鶏湯(サムゲタン)を食べさせてくれるようである。木曜日までに手土産(てみやげ)を用意できるだろうか。相川(あいかわ)さんに連絡したら「喜んでお伺いします」と言っていたので手土産についても聞いてみることにした。

「果物を喜ばれたという話ですから、旬の果物を持って行って、後は好きな食べ物などを聞き出すようにすればいいのではないでしょうか」

おおう、さすがイケメン。ずっとついて行きます。

「ところでなんですが……前回予防接種に行くような話をした時ポチさんが逃げて行ったと聞いたような気がしましたが、大丈夫なんですか？」

「あ」

そういえばそうだった。あのでかいのを捕獲できる気がしない。俺は新たな問題に直面し、頭を抱えた。

どうしようと思ったが、とりあえずからめ手でいくことにした。

ただ注射、と聞いてタマやユマにまで逃げられたら打つ手なしだ。そうなったらもう飲水接種しかないだろう。なかなか難しい話ではあると思う。

俺はタマとユマに予防接種の重要性をこんこんと話して聞かせた。途中難しい話になったかもしれない。ユマがずーっとコキャッと首を傾げたままの状態になってしまった。かわいいけど理解してないなこれ。

しょうがないのでものすごく単純に伝えた。大体こんな認識でいいはずだ。

「予防接種（注射）する。しないと身体（からだ）が動かなくなるし、ごはんもおいしく食べられなくなる」

うちのニワトリは病気や死についてはわからない。病気になったら身体が思うように動かなくなるし、息が苦しくなったりするだろう。最悪命を落としてしまうかもしれない。ずっと元気でいる為に予防接種をするのだと話した。これを接種当日までくり返して、どうにかポチを引きずっていく原動力としたい。

まぁうん、無理だったら諦めるよ。俺じゃポチはどうにもできないし。


翌日、おっちゃんちにマムシを持って行った。

「おお―……本当に卵抱えてるみたいだな。昇平ありがとうよ」

おっちゃんはほくほく顔でマムシを家の中に運んだ。

「またマムシなの？　ええ？　卵？　やあよ私は……」

家の中からおばさんの声がする。確かに蛇をさばくのは嫌だろうなと思う。そしたら先日のヤマカガシは誰がさばいたんだろう。

「俺がさばくからいいだろ～。全く……」

そうぶつぶつ言いながらおっちゃんがまた出てきた。おっちゃんは蛇をさばけるらしい。すごい。

「寄ってかねえか？」

昼に近い時間である。寄ったら昼飯をたかりにきたみたいだ。さすがにそれは迷惑だろうと思われた。

「そうそう寄ってったら迷惑でしょう。買物して帰ります」

「気にするこたあねえがな」

俺が気にします。おばさんに恨まれたくないです。

今日は曇空なので外で少し立ち話をしても大丈夫だ。

ユマは一応車から降ろしている。そこらへんの雑草をつついていた。虫がいるのだろう。ニワトリの大きさに目をつむればのどかな光景である。

「もう蛇は出なさそうですか？」

「まだわかんねえな。しばらく様子見して、それからだろう」

「ですよね」

すぐに結果を求めようとするのは悪い癖だ。また頻繁に見かけるようなら再度の派遣も考えなければならないと思う。

「そういえば夏祭りっていつなんですか？」

「八月の頭だな」

ふと思い出して聞いてみたらしれっと言われた。もう七月も中旬だ。

今年はおっちゃんちが夏祭りの開催や手伝いの当番だと言ってなかっただろうか。

「じゃあそろそろ準備しないといけないじゃないですか！」

「出店の手配なんぞはもう済んでる。あとは来週当番を決めるぐらいだな。今年は神輿（みこし）も担がんし、静かなもんだよ」

「そうなんですか」

ほっとした。

「昇平は悪いけど二日ぐらい前から手伝いな」

「わかりました」

それぐらいやらないと罰が当たりそうだ。お祭りの屋台が少し楽しみである。今回も何か生き物が売られるのだろうか。少しわくわくしてきた。

雑貨屋で肉類を買って戻った。まだ早い時間だったから子どもたちの姿はない。スムーズに山に戻り、片付けをしてから山の見回りだ。雨が降っていないと本当に助かる。

そんな風に日々を暮らし、松山さんのお宅に行く木曜日となった。一応昼ご飯をごちそうになりにも行くので午前中には出ないといけない。予防接種はご飯の前にしてもらうことになっている。

「ユマ、タマ、ポチを捕まえてくれないか？　頼むなー」

手土産は相川さんが用意してくれることになった。またリンさんと来るらしいが、リンさんは例のごとく車内でお留守番である。それでもリンさんは気にしないらしい。蛇は食いだめができるというからそれでいいのだろう。

「おーい、そろそろ出かけるぞー！」

と声をかけた途端、特に何も言ってないのにポチが駆けだした。予防接種って何かわかってんのかな。痛みがあるとかもさっぱり伝えてないんだけど。

ポチをタマが追いかける。ユマも後に続いた。


クァーッ、クワックワッ！　クァーッ！　クワックワックワッ！　クァ――――ッ！


鳴き声だけ聞いてるとなんかニワトリっぽくない。

なんとタマはポチの前に回り込み、その太くて硬そうな尾をポチに叩きつけた。パーン！　と派手な音がした。

ひー、痛そう……。

それでも逃げようとするポチにユマの尾が……。

……えーと、予防接種ってここまでファイトして受けるものだったっけ……？

どったんばったんどたどたばったん。

ああ、羽がぼろぼろに……。

それからしばらく攻防をくり返していた三羽だったが、とうとうポチが観念した。うんうん、女子にはかなわないよな。お互いがんばろーな、ポチ。

今回は三羽とも荷台に乗った。どうあってもポチを逃がさないというタマとユマの意気込みが感じられる。ありがたいんだけど、確かにありがたいんだけど……なんか違わないかと思ったのはきっと俺だけではない、はず？　でも頼んだのは俺なので何も言えない。

三羽を乗せた軽トラは、悲鳴のような音を立てて山を下った。今アイツら何キロあるんだろう。俺よりは軽いはずだけど。だってニワトリだし。って、ニワトリだよな？

俺は首を傾(かし)げながら養鶏場のある松山さんの家まで軽トラを走らせた。

どうにか無事に着いて軽トラを下りる。もう獣医さんは来ているようだった。

連れてくることはできた。後はいかにして暴れさせないようにするかである。一応それについてもタマとユマには伝えてあるがどうなることやら……。

「こーんにーちはー！」

俺は意を決して家の方に声をかけた。

すぐに松山さんと、獣医である木本(きもと)さんが出てきてくれた。

「こんにちは、佐野さん。家の中に入ってもらった方がいいかな」

「そうですね。入ってもらいましょう」

木本さんに声をかけられ、松山さんが俺たちを家の中に促した。

「ええと、これから友人の相川さんも来るのですが、どうしたらいいですか？」

「じゃあ僕が待っているよ」

松山さんは外で待機してくれるようだ。ありがたいことである。

しかし一番の問題はそれではない。

ポチを囲むようにしてタマとユマが軽トラから下りると、木本さんが目を輝かせた。

「おお！　立派なオスですね～！　すぐ終わるから体長と体重も測らせてもらっていいかな～」

「すみません、多少……その、気が立っているようで……」

「うん！　わかる、わかるよ！　君たちものすごく頭がいいんだね！」

木本さんはとても嬉しそうに何度も頷いた。ニワトリたちは羽があっちこっちに飛んでて盛大な寝ぐせのようになっている。もちろんポチが一番ひどい。そんな三羽を眺める木本さんは上機嫌だった。松山さんのお宅の土間をお借りして体長体重などを測ってもらう。また十センチメートルぐらい伸びていた。お前らはいったいどこまで成長するつもりなんだ。

「すぐ済むよ～」

そして肝心の注射だが、
あまり痛みを感じなかったらしく三羽ともスムーズに終わった。それか木本さんの腕がいいのだろう。蓋を開けてみればすぐに終わり、拍子抜けだった。

「はい、終わったよ。えらかったね～」

「ありがとうございました」

三羽は注射を終えると逃げるように表へ出て行った。確かにニワトリたち自体にもう用はない。

クェエエエ――――ッッ！　という雄叫(おたけ)びが聞こえたのはきっとポチだろう。うんうんがんばったな。

「もうけっこうな月齢だよね」

「そうですね、三月の終わりに買ったので……四か月は経(た)ちますね」

「それならしばらくは打つ必要はないかな。気になるようなら、鶏伝染性気管支炎用の飲水接種はした方がいいとは思うよ」

「ワクチンによって接種方法が違うんですか」

「うん、人間だってそうでしょ」

「そうですね」

そういえばＢＣＧはハンコ注射だった。経皮接種とかいうんだっけか。よく知らないけど。

それにしてもまたでかくなっていた。体重はそれほどではないが縦に伸びているのがすごい。

「佐野さんちのニワトリは面白いね。見てて飽きないよ。また見せてね」

一緒に表に出て、松山さんに終わったことを伝える。木本さんはそこらへんをつついているニワトリたちを嬉しそうに見ていた。そうしているうちに軽トラが一台入ってきた。相川さんだった。

「こんにちは、初めまして。遅くなりましてすみません。相川と言います」

「こんにちは、別に遅くはないよ。松山と言います。君はかなりの男前だなぁ……今日はいっぱい食べていってくれ」

「ありがとうございます、遠慮なくいただきます」

いつも通りリンさんが助手席に収まっていた。タマは近くにいたが、相川さんの姿を認めるとすごい速さで逃げて行った。だからどんだけリンさんたちのことが苦手なんだよ……。

俺は気を取り直してリンさんに挨拶(あいさつ)をした。

「リンさん、こんにちは」

「サノ、コニチハ」

そうして松山さんの近くに戻る。リンさんに関してのやり取りがあったようだが、それも済んだらしい。

「ニワトリたちはそのままでいいのかな。一応養鶏場には近づかないように言っておいてね」

「はい」

鶏舎の中に収まっているとはいえ、当然換気はしている。ニワトリたちが近づかないに越したことはなかった。(うちのニワトリたちから病気などをうつさない為(ため)である。うちのニワトリたちが病気を持っているとは思わないが念の為だ)

タマ以外は近くにいたので、ポチとユマにあっちの建物の近くには行かないように言った。二羽は反対方向へ駆けて行った。

「こちらの山は松山さんの持ち物なんですよね？」

「うん。この山の範囲なら好きに遊んでてくれていいよ。ついでに蛇とか捕まえてくれると助かるかな～」

農家にニワトリを貸し出していたことはみんな知っているのだろう。

「そうですね。捕まえたら持ってくると思います」

「頼もしいね～」

「うん、やっぱり羽毛恐竜だね」

木本さんがうんうんと頷きながら言う。ニワトリですから。先祖返りしてるかもしれないけどニワトリですから。（大事なことなので二度言いました）

家にお邪魔し、おばさんが準備してくれた手料理に舌鼓を打った。

うん、鶏肉おいしい。たまらない。

ちなみに、おばさんは相川さんを見て頬を染めた。

「あらあらあらまあああまあ！　いい男ねぇ～！」

「ど、どうも……」

こういうのってなんとも答えようがないよな。でも若い女性ではないので相川さんも普通に接していた。

手土産はさくらんぼだった。

「んまあ、大粒ね！　ありがとう～」

山形のさくらんぼらしい。確かに粒が大きくておいしそうだなと思った。

「よかったらうちのブルーベリーも採っていってね～」

松山さんのお宅は養鶏場だけでなくブルーベリーも作っているらしい。山なのでまだ少し早いかもしれないが、ちょうどおいしい季節だと聞いた。

参鶏湯はとてもいい味だった。独特の漢方のような香りも抑えられている。またお土産に参鶏湯のセットをいただいてしまった。ブルーベリーも沢山いただいてしまい、なんだかとても悪いことをしたなと思ったのだった。

木本先生からブルーベリーについて、あげてもいいけどあげすぎないようにとは言われた。

「あげすぎるっていうとどれぐらいですかね？」

量なんて見当もつかない。

「うーん、佐野さんのところのニワトリたちは体重もあるからねぇ。片手で軽く一掬い程度はあげてもいいかもしれないけど、あとは便が緩くならないかどうか確認してね。便が緩くなるようだったらあげる量を減らして」

「わかりました」

そういえばうちのニワトリたち、外では知らないけどうちではそんな困った便をしたことはないなと今更ながら思い出した。

あれだけ外でいろんな物を食べているのに便に虫が混じっていたこともない。不思議なことである。

ちなみに、ポチがマムシを二匹捕まえてきた。そのおかげか、「また連れてきてね～」と上機嫌で送り出された。

ポチ、グッジョブ。

帰宅後前回の失敗（以前さくらんぼを買ってきて食べさせたら全部食われたのだ）を踏まえて、自分の分を冷蔵庫に確保しつつブルーベリーをニワトリたちに与えたら……うん、全部食われたね。しかも冷蔵庫に入ってるのがわかってるらしくじーっと冷蔵庫見てるんだよ。勝手に開けて食べら

れないことを祈る。（普通に開けそうなところが怖い）

ブルーベリーって食べると嘴の周りが青くなるし、もちろん口腔内も青くなる。それだけ見るとなんかホラー映画みたいだった。

嘴はティッシュを濡らして拭ってあげた。ブルーベリーの青をタオルで拭いたりすると色がどうやっても落ちないのだ。誰か色を落とす方法を知っていたら教えてほしい。

さくらんぼは通販で買ったらしく相川さんがおすそ分けしてくれた。

「この前佐野さんに分けていただいたのもおいしかったですけど、これもおいしいと思いますよ」

なんて言われた。（ニワトリたちに食われたやつである）

もう本当に頭が上がらない。ニワトリたちにじーっと見られたが、確かバラ科の果物は与えてはいけなかったはずだ。（注：与えてはいけないのは種です。前回ちゃんと種は全部回収した）前回はそういうことを知らなかったけど、あの時も種を回収するのがたいへんだったからあげたくはない。それにこんな大粒のさくらんぼはすごく高いんだぞ！　ブランド品だぞ！　絶対に食われてなるものか～！　恨めしそうな視線を感じたが当然無視だ無視。

養鶏場からの帰り際に、木本さんが更に気になることを言っていた。

「普通のニワトリとは違うからなんともいえないけど……もしかしたら来月ぐらいには卵を抱えるかもしれないいね」

「……有精卵と無精卵って区別つくんですか？」

「外側からはわからないよ。割ってみないとね。温め始めて十日ぐらいすれば、暗い部屋で光を当ててわかることもあるかもしれないけど」

「そうなんですか」

卵を産んだとして、そもそもユマとタマがくれるかどうかもわからない。取ることを許してくれるなら取らせてもらうぐらいの気持ちでいた方がよさそうだった。だってあいつらでかいし。生き物として勝てる気がしない。

さて、またパウチしてある鶏肉を一羽分もらってきたがどうしようかと悩んでいる。前回は相川さんと一羽を食べたが今回は相川さんも一羽いただいている。

どうしたものかなーと思っていたら相川さんからＬＩＮＥが入った。

「参鶏湯、どうします？」

同じことを考えていたようだ。

「また二人で食べますかねー？」

二回集まって食べることになるのか。それはそれでいいけどこちらがもてなすのはたいへんだ。

「湯本(ゆもと)さんにおすそ分けしたらどうですか？」

「その手があったか！」

さすがにまんまあげると角が立つので、手に入ったから一緒に食べてほしいとお願いすればいいかもしれない。さすがにうちのニワトリに食べさせるのは……と思っていたのだ。参鶏湯の他に鶏肉を買わせてもらったのでお土産に持っていけばいいと思う。

「うちの分は食べにきてください。明後日(あさって)に泊まりなんてどうですか？」

「酒がなしならいいですよ」

「ビールぐらいいいでしょう」

そんなやりとりをして、土曜日はまた相川さんの山に泊まることになった。なんだかんだいってお世話になっているからあまり逆らえない。それにまあ、ニワトリたちはずっと側にいてくれるけど寂しいと感じる夜だってあるのだ。って、何を言い訳してるんだ俺は。

「うーん、そしたらおっちゃんちはどうしようかなー」

参鶏湯は冷蔵で一週間は持つと聞いたから、月曜日以降に持って行けばいいかと思う。しばらくは参鶏湯三昧だなと思った。でもおいしいからいいや。鶏肉好きだし。あ、うちのニワトリは食べないよ。つーか、絶対捕まえられないし。

「予防接種したから、様子は見といてくれって言ってたな……」

アナフィラキシーショックが出る可能性があるから一応三十分は近くにいるようにと言った。その後なんともなく、山中を駆けずり回っていたから大丈夫だと思う。あれ？　でも、そもそも予防接種した後ってあんなに動き回っていいものなのか？　動くなって言っても聞きそうもないけど。

ユマは毎日一緒にお風呂に入っていると木本さんに伝えたら、今夜は一応控えた方がいいかなと言われた。大丈夫だとは思うけどまずうちのようなニワトリ自体前例がない。予防接種の副反応とかもあれば詳しく教えてほしいそうだ。

「佐野さんちのニワトリの為に日参したいぐらいだよ～」

木本さんがそんなことを言っていた。

「そんなに気に入っていただけました？」

「だって羽毛恐竜だよ、羽毛恐竜！　ときめくでしょ！」

面白いおじさんである。うちのニワトリにときめかないでください。ニワトリですから！

おかげで夜はたいへんだった。

「オフロー」

「ごめん、今日はだめだって」

ユマがコキャッと首を傾(かし)げた。そんなかわいい仕草してもだめ。

「注射したから、入れないって。明日一緒に入ろう」

「オフロー……」

すごすごと土間に戻ったユマがなんとも可哀(かわい)そうだった。やっぱり一緒に入ろう！　と言いたくなってしまう。ユマがちら、とこちらを振り返った。あああユマかわいい。あざとい！　しかしだめなんだ。これはユマの為(ため)なんだ！

「明日なー」

土間で背を向けて丸くなっているユマの背中が寂しそうだった。明日は一緒に朝風呂(あさぶろ)するか。もちろん夜も入るようだけど。でも朝風呂ってどうなんだろうな、とかぐるぐる考えてしまって全然風呂に入った気がしなかった。しかも風呂から出たらユマが脱衣所の外の廊下で背を向けて座ってるし。かわいいけどどこで覚えたんだそんなの。

「ユ、ユマ～……明日の朝、入ろうな？」

ちら、と振り向かれた。あざとい、でもめちゃくちゃかわいい。

「アサー」

「うん、朝風呂に入ろうな！」

「ハイルー」

ユマはそれで納得してくれたらしく、トトトッと土間に戻って行った。俺はその後、廊下を拭き掃除することになった。

朝風呂？　もちろん一緒に入ったさ……。

かわいいニワトリの為だからな！　タマに朝から何やってんの？　って目で見られた。つらい。

朝から入ってみた結論。俺には朝風呂は向かない。以上。

というわけでユマにも今日だけだからなと釘を刺した。

ユマも縦には伸びているが横はそうでもないのでまだ一緒にお風呂に入れている。これ以上でっかくなったら一緒に入れないかもなと言ったら、なんかショックを受けたような顔をされた。まさかな。

2　出会ってから四か月は過ぎた

「あっつぃなー……」

梅雨が明けたら一気に暑くなった。それでも山の上は陽射しが強いぐらいで空気は爽やかである。これが麓に下りると空気が変わるのだから不思議だなと思う。やはり木の多さとか、足元が基本土だとかいろいろ関係しているのだろう。

周りの廃屋の解体などは雪が降る前に開始することにした。十一月の終わりぐらいから相川さんの知り合いの狩猟関係者が来てくれるらしい。入れる山が少なくなっているから、回らせてもらえると助かるよと言われた。まだ早いが来週中に一度猟師さんのお宅に伺うことになった。

梅雨の間もそうだったが、太陽の光を浴びて雑草がぐんぐん伸びる。静かにどんどん範囲を広げていくのだ。植物の生命力をものすごく感じた。

ちら、と今日も一緒にいてくれるユマを見る。この山の気のようなものを浴びてうちのニワトリも大きく育っているのかもしれない。となると冬になったら成長が一時的に止まったりするんだろうか。って暑くなるのはこれからだよな。この先本当にどこまで大きくなるのだろう。

家の周りに生えている雑草をどんどん抜いていく。すぐに汗だくになり、朝風呂に入った意味が見事になくなった。家の周り、畑の周り、駐車場周り、川の確認。そして道路の点検など、しなければならないことは沢山ある。もちろん廃屋の周りも確認する。

「墓……後で行くかー……」

昼食を軽く食べて作業をし、三時頃にようやく一息ついた。明日は相川さんちに泊まりだから今日中にできることはやっておかなければならない。山の上の墓の手入れも必要だ。最初のうちはいちいち筋肉痛になっていたが、最近はそうでもない。でも今日は久しぶりにかなり手入れをしているから、明日は身体（からだ）が痛くなるかもしれなかった。

三時のおやつにとブルーベリーを摘（つ）まんでいたらユマにじーっと見られていた。袋からがさっと取ってユマ専用の皿に移す。

「ポチとタマにはないしょな」

「ナイショー」

朝ごはんを食べた後は夕方まで帰ってこないのだ。本当にどこまで遊びに行っているのだろう。今度カメラとかつけさせてもらおうかな。

「甘くてうまいなー」

ちょっと酸っぱい。この酸味がいい。

「アマーイ」

口の中を青くしてユマが同意してくれる。

ついつい顔がほころんでしまう。ペットの癒し効果ってすごいなとしみじみ思った。

その後は軽トラに乗って更に上へ。墓の周りも雑草が生い茂っていた。げんなりしながら抜いて抜いて抜きまくる。来月はここに住んでいた人たちが墓参りに来るんだろうか。俺もじいちゃんの墓参りどうしようかな。

墓の近くの川から水を汲み、丁寧に掃除する。そこらへんに咲いている花を飾ってお墓に手を合わせた。俺はここに入っている人たちの子孫ではないけれど、この山に住んでいる限りはしなければならないことだと思っている。

「明日は相川さんちかー……」

アメリカザリガニがいっぱい捕れるといいな。

って、相川さんへの手土産は？

「あーもー俺ってヤツはあああああ‼」

どうせ行くのは夕方だから先に村の雑貨屋でビールでも買っていこう。

「今度は……醜態を晒しませんように」

墓の下から自分でどうにかせえという声が聞こえた気がした。そうですよね。

翌日は午前中から川でアメリカザリガニを捕った。ニワトリたちが総出でバケツをいっぱいにしていく。さすがに一か所ではそれほど捕れないので、まさに上から下まで走りバケツ一個半ぐらい捕れた。だからどんだけいるんだっての。

「他の川にもいんのかなー……」

この山には家の近く以外にも川が何本かある。水が豊富なことからサワ山と名付けられているのだ。かつては水田もあった土地は草ぼうぼうで見る影もない。住民の高齢化などによりこうやって景色は消えていくのだろう。米作り？　さすがにする気にはなれない。

やっぱり今回もタマは留守番するようだ。別に留守番してくれるのはかまわないんだが。

「……タマ、夜中山の中で遊んだりするんじゃないぞ？」

あ、コイツ顔逸らしやがった。

「……聞いてくれないなら、連れて行くしかないが……」

タマがズザザッと俺の側から飛びのいた。なんか今マンガみたいな動きしたぞ。うちのニワトリ大丈夫か。

「なぁタマ、頼むよ」

「…………」

「俺、タマのこと心配なんだよ」

いくら夜目がきくといっても、月明かりぐらいしかない山の中だ。もし穴みたいなのにはまってしまったらどうすればいいのだろう。そこをクマのような猛獣に襲われたりしたらいくらタマでもひとたまりもないに違いない。

「あんまり夜遊びしないでくれな」

タマは返事をしてくれなかった。けっこう頑固なのだ。でも俺の思いはわかってくれただろう。今はそれだけで十分だった。

「さーて、出かけるかー」

ポチとユマ、ザリガニがたんまり入ったバケツを軽トラの荷台に積んで、俺は山を下りた。村の雑貨屋でビールを箱買いした。こんなには飲まないだろうが念の為だ。缶ビールである。瓶ビールの方がうまいが保存を考えるとやはり缶がいい。（と俺は思っている）

「えー！　買ってきてくれたんですか。気を遣わなくてもよかったのに……」

二十四缶入りをはい、と渡したら恐縮されてしまった。それぐらいお世話にはなってるし。本当はもっとちゃんとお礼をしなければならないと思う。

リンさんとテンさんは待っていてくれたらしく、アメリカザリガニ入りのバケツを下ろすとさっそく畑の向こうに運んで行った。その後ろ姿はご機嫌そうである。

「サノ、イイヤツ」

「サノ、エライ」

リンさんはともかくテンさんの声帯は本当にどうなっているのだろう。あ、それを言ったらうちのニワトリもか。俺にすり寄ろうとしてくる二人（相川さんちの二頭については俺はあえて～人と数えている）の前にポチとユマが立つ。うん、もうみなまで言わない。ありがとう。

「佐野さん、こんなに持ってこられたんですから責任取って飲んでいってくださいよ〜」

「……お手柔らかに……」

よく考えたら六缶パックでもよかったのか。なんか俺は浮かれていたのかもしれなかった。頭を掻く。

でも相川さんが酔ってるとこって見たことないな。一度酔わせてみたいとは思った。

相変わらずスタイリッシュな土間に通されて、ナスときゅうりの浅漬けを出された。まめだなと思う。

「風呂の準備をしてきますね」

相川さんちの風呂は薪風呂である。しかも五人ぐらい入れるほど広く、家の外にあるのだ。雨が入らないようにとの気遣いで屋根はあるが、贅沢な露天風呂である。脱衣所はないが、家からすのこを繋げてあるので裸足で行ける。前回は少し肌寒く感じたが、今回は気候がちょうどよくとても気持ちがいい。

「……風呂、広いですよね」

この風呂は相川さんが作ったそうだ。相川さん自身広い風呂が好きだし、大蛇の水浴びにも使う為大きく作ったらしい。大は小を兼ねるとはこのことだ。

「でも調子に乗って大きく作ってしまったせいか、冬はなかなか温まらないんですよ。薪はいっぱいありますけど、ちょっとそこが問題ですね」

夕日が沈んでいくのを見ながら入る風呂は格別だ。この風呂だけでも手土産を持参してくる価値がある。ユマが入りたさそうだったので、先に相川さんに入ってもらってから俺はユマとお湯をいただいた。

「ほーんといい景色だよなー……」

虫は邪魔だけど、露天風呂は素晴らしい。ゆっくり浸（つ）かって戻ると、料理がすでにテーブルに並べられていた。

「うわー、おいしそう……！」

「参鶏湯（サムゲタン）はそのままですけど……どうぞ」

「ありがとうございます、いただきます！」

「はい、召し上がれ」

お互いになんとなく乾杯をして、相川さんの料理に舌鼓を打った。

野菜の浅漬けがどんと盛られ、参鶏湯、そして油淋鶏（ユーリンチー）、小松菜のお浸し、ゴーヤチャンプルーなどが並ぶ。どれもこれもおいしかった。

「ただ唐揚げにするよりはと思いまして……」

「すっごくおいしいです！」

油淋鶏うまい。このタレがたまらん。鶏肉（とりにく）も養鶏場から買ってきたものを使ったという。俺とはやっぱ違うよな。俺だと焼くぐらいしかしないし。またおばさんに何かレシピを教えてもらおうと思った。

「予防接種後はどうでしたか？」

相川さんに聞かれてはっとした。そういえば副反応などがないか聞かれていたのだった。土間の

隅でいただいた野菜くずなどを食べているニワトリたちを見た。ポチはバリボリと音を立てて食べている。どうしたらそんな音がするのか教えてほしい。俺は内心遠い目をしながらユマを呼んだ。

「ユマ、食べてるところごめん。ちょっと来て」

ユマは今食べていたものをごっくんと飲み込むと、トトトッとすぐ側に来てくれた。

「ちょっと触らせてくれ」

羽をかき分けて、注射した辺りを探る。別段腫れてもなんにもいないようだった。

「ユマ、ありがとうなー。なんともないみたいです」

相川さんはふふっと笑った。

「佐野さん、忘れてたでしょう？」

ぎく。

「や、やだなぁ、忘れてなんか……」

「忘れてましたよね？」

にっこりして言われた。

「……はい」

その通りでございます。

「獣医さんに、僕も電話して蛇について聞いたんですよ」

「どうでした？」

「残念ながら予防接種はないと言われまして……」

「そうなんですか」

「対象動物が、ほ乳類と鳥類、それから魚類らしくて爬虫類用のはないようなことを言われたんです」

ん？　うちのニワトリは鳥類でいいんだよな？　羽毛恐竜じゃないよな？

「爬虫類の生態ってまだまだわからないことも多いですから、しょうがないとは思いますけどね」

「そうですね」

「でも、予防接種のことなんて今まで考えたこともなかったので、考えるきっかけを与えてくれたことはありがたいと思ってます」

「いえ……」

どこまで相川さんは人がいいんだろう。

「ずっと一緒に暮らしていきたいですから、少しずつですけど健康のことを考えるようになったんですよ」

「……十分考えられていると思いますけど……」

俺なんかよりよっぽど考えていると思います。間違いないです。

相川さんは話上手だし勧めるのがうまい。今回は抑えて飲むぞ、と思っていたのにまた途中で記憶がなくなっていた。俺やっぱ酒に弱いのかな？


今回、朝起きた時に頭痛はしなかった。

が、ぼんやりと目覚めた視界にニワトリのドアップがあって混乱した。しかもニワトリの顔がでかい。目の前がニワトリの顔でいっぱい。それは何かのクリーチャーっぽく見えた。

えーと、とさかが立派じゃないから……。

「近いよ、ユマ……おはよう……」

自分の声がひどくしゃがれていた。

「オハヨー」

ユマは挨拶(あいさつ)を返すとトトトッと座敷から出て行った。あー、びっくりした。

「サノ、オキター」

と声が聞こえる。相川さんに知らせにいってくれたようだった。布団からどうにか身体(からだ)を起こし、なんかいいなと思う。ニワトリだけじゃなくて誰かがいる生活は楽しそうだ。その誰かが全くイメージできないけれど。

布団を畳む。

顔を洗い、玄関先の土間に移動する。土間にテーブルがあるというのもこの家ならではだ。

ポチとユマが土間の隅で野菜くずなどを食べていた。テーブルにはもう漬物などが置かれている。冷茶が入ったピッチャーも置かれていて、相川さんの女子力の高さが窺(うかが)えた。

「おはよー、ポチ、ユマ……」

「オハヨー」

「オハヨー」

ちゃんと挨拶してくれるうちのニワトリたちマジ天使。ユマは二回目だし。

相川さんには何から何まで世話をしてもらって申し訳ないと思った。朝と昼ごはんをごちそうになった。酒ってそれなりに飲んでしまうと寝て起きてもなかなか抜けないものだ。そんなわけで飲酒した翌日はせめて昼過ぎまで車を運転しないようにしている。

ただ、村ではそこらへんがアバウトで、駐在さんもわざわざ飲酒運転の取り締まりをしない。おかげで中年以上のおじさんたちは酒を飲んでも平気で運転したりしている。事故らないことを祈るばかりだ。

そういえばイタリアでは昼から飲酒するのが当たり前だから、縦型で赤信号が大きく作られてるなんて聞いたことがあった。実際の交通事故発生率が気になるところではある。

「いつもすみません……」

恐縮する。

「そんなに気にしないでください。やりたくてやってるだけですから」

相川さんはそう言ってほがらかに笑った。

「たまにだからできるんですよ～」

確かに毎日はできないかも。そう考えると村の奥さんたちはすごいなと思う。家事をして、子どもの世話をして、畑仕事までして。どんだけ俺たちはいろんなことを女性に任せているんだろう。

ま、うちは俺だけだけどさ。母親のありがたさが身に沁みる。

帰宅してからまたいろいろ考えた。ニワトリの健康を考えるなら歯磨きもした方がいいだろう。何せうちのニワトリたちには立派なギザギザの歯が生えているのだ。素直に磨かせてくれるかという問題もある。

「とりあえず大きめのブラシを買うか……」

靴を磨く用のブラシとかがいいのかな。でもまずは普通の歯ブラシを買ってみよう。

ずっと健康でいてほしい。相川さんはリンさんとテンさんの歯磨きをしているらしい。確かに食べることは全(すべ)ての基本だしな。猫の歯槽膿漏(しそうのうろう)とかも聞いたことがあるし。

「明日買物に行くかー……」

今日はもうダメだ。換気の為、家中の窓を全て開け放ち、俺は畳に倒れた。

帰宅後ひと騒動あったのだ。

珍しくタマが家の玄関先でうずくまっていた。

「ただいまタマ、どうしたんだ？　……って、あ――っっ！」

なんということだろう。俺は無意識で玄関に鍵(かぎ)をかけて出てきてしまったらしい。毛があっちこっちにはねて逆立っているところまである。また夜じゅう山中を駆けていたのかもしれない。だが今日はさすがにそれを責められなかった。何せ家に入ろうとしたら入れなかったわけである。

「タマ、本当にごめん！」

はたして玄関には鍵がかかっていた。なんとも申し開きができる状態ではなく、俺は即タマに頭を下げた。

当然のことながら延々つっつかれた。ごめんなさいごめんなさい。これからはもっと気を付けます。

で、どうにか宥(なだ)めて洗わせてもらい、土間でお昼寝をしてもらった。これがニワトリだったからいいけど人間だったら大問題だと思う。もう少し気を付けなければいけないなと思った。

ポチとユマはパトロールに出かけた。暑いのにご苦労なことだ。

「平和だなー……」

タマには悪いことしたけど。

夜おっちゃんに電話した。料理のことなのでおばさんに代わってもらう。

「先日松山さんのところから参鶏湯をもらってきたんです。一羽分はさすがに一人では食べきれない量なので一緒に食べませんか？」

「あら、いいの？　隣の山の人と分けないで」

「相川さんも共に行っていただいたので、その分は一緒に食べたんですよ」

「そう……」

おばさんは何か言いたそうだったが、火曜日に持って行くことにした。

今週はあと木曜日に猟師さんに会いに行く。この辺りで狩猟関係の取りまとめをしている人らしい。もしかしたら秋本さんにも関係があるのではないか。そう考えて秋本さんに電話したら、

「あー、あの人か。ニワトリ連れて行った方がいいよ」

と言われた。基本気難しい人らしいが、多分ニワトリを連れて行ったら仲良くなれるのではないかという。わけがわからないが言われた通りにすることにした。

今週もいろいろ楽しみだ。

明日はまた山の手入れをしよう。いつになったら裏山を探検できるだろうか。土地が広いとのびのびと暮らせていいが、その分の手入れもたいへんだなと思った。

火曜日はおっちゃんちに参鶏湯を持って行くのでちょっと早めに出かけた。今回は手土産が参鶏湯なので他は持って行かなくてもいいだろう。

昨日タマがおなかの大きいマムシを捕まえてくれた。見せてはくれたけど食べたそうな顔をしていたので「食べていいよ」と言ったら三羽でガツガツと食べ始めた。もちろん俺は少し離れて見なかった。ニワトリの捕食風景こわい。（自分でも何を言っているんだかよくわからない）

これだけ捕まえれば来年はほとんど出てこないだろう。油断はできないが、毒蛇が少なくなるのはいいことだ。川に生息していたアメリカザリガニの数も目に見えて激減した。来年は魚が上がってきてくれるといいなと思う。

話を戻そう。

おっちゃんちである。今日はタマとユマが付き添ってくれた。

「まぁ、これが参鶏湯なのね。初めて見たわ。どう調理すればいいのかしら？」

おばさんは作り方の紙を見ながら野菜をふんだんに入れて調理してくれた。もちろんそれだけでなく唐揚げや野菜の天ぷら、煮物などもごちそうになった。なんか最近ごちそうになってばかりだな。

「そう、みんな予防接種を受けたのね。それなら病気の心配もしなくていいわね。よかったわ」

ニワトリたちが無事予防接種を受けたことを伝えると、おっちゃんとおばさんは我が事のように喜んでくれた。二羽は今土間で野菜くずを食べている。食べ終えたら庭や畑を回るのだろう。

「昇ちゃんには本当に感謝しているのよ。畑仕事で毒蛇に怯えることもなくなったし、ポチちゃんたちのおかげで害虫も食べてもらえるしね。まぁ……この人のマムシ酒コレクションが増えていくのは困るけど……」

「何言ってんだ！　三年は寝かせないとうまくならねえんだぞ！」

そういえば倉庫の棚にマムシの入った酒瓶が並んでいる。昼間はまだいいが夜はとても怖い。まるでホラーだ。絶対に見たくない。

「その三年の間にどれだけ増やす気なのよ！」

「ら、来年はさすがにそれほど捕れねえだろ……なぁ？」

おばさんの剣幕にたじたじとなったおっちゃんに振られた。

「そうですね。卵持ちもうちのニワトリたちが捕まえてますので、来年はほとんどいなくなると思いますよ」

「それならいいんだけど……」

「何？　また卵持ちがいたのか？　それは……」

おっちゃんが食いついてきた。

「ニワトリたちが食べましたよ」

「そんなぁ……」

「あんたの山じゃないでしょう！　諦めなさい！」

情けない顔をするおっちゃんをおばさんが叱る。卵を抱えているものはあまりいないのかもしれないが、あれはあれで捕まえるのがたいへんなのだ。けっこう凶暴だし。俺としてはニワトリたちが食べてくれて助かった。

食後のお茶をいただいてやけにほっとした。小さい頃は苦くてあまり好きではなかったが、今はこの緑茶の苦味がおいしく感じられる。そういえば相川さんが玄米茶は沸騰したお湯でもいいが、緑茶は温度を下げて淹れるといいと言っていた。物知りな人だなといつも思う。

「そういえば、昇ちゃん。ナル山のお嬢さんとはどうなってるの？」

お茶を噴くかと思った。

おっちゃんが席を外したのを見計らったように聞かれ、俺はつまった。

「ど、どうって……」

「ニシ山の格好いいお友達と仲良くするのはいいけど、そろそろどうなの？」

俺は顔が強張るのを感じた。もしかしたらうちの親から電話があったのかもしれない。

周りからしたらもう五か月近くが経ったという心境なのかもしれないが、俺にとってはまだまだだった。

留学すると言ったかつての婚約者は、向こうの大学に入るべく現地で語学学校に通っているのだろう。それだって半年やそこらでどうにかなるとは思えない。よしんばここで向こうの大学に受かって九月から入学するとしても……それから卒業まで四年だ。さすがにそれだけの時間が経てば吹っ切れるかもしれないが、まだそんな気にはなれない。

それに、そんなことを考えるのは桂木さんに対しても失礼だと思った。

「……無理ですね」

だからきっぱりと答えた。

「桂木さんとどうのとか、桂木さんに対しても失礼ですよ。それに今は山の手入れが楽しくてしかたないんです。ニワトリたちもかわいいし……だから心配しないでください」

「そう……昇ちゃんごめんね」

「いえいえ。気にかけていただいてありがとうございます」

正直俺自身はそんなに気にはしていない。若い男女が一緒にいればそう考える人は多いのだ。

「漬物おいしいです」

白々しくなってしまったが実際においしかった。ぬか漬けおいしい。うちでぬか床とか用意できる気がしない。

そうして近況を適当に話して俺はおっちゃんちを辞した。

帰り際に、

「お前んとこのニワトリが回ってくれた田畑は今んとこなんともないとよ。夏祭りの手伝いよろしくなー」

とおっちゃんに言われた。具体的なことが決まり次第また連絡してくれるらしい。

「こちらこそ慣れないことなのでいろいろ教えてください。よろしくお願いします」

日が落ちる時間が遅いのでまだ辺りは明るかった。それでも太陽が山の向こうに消えれば一気に暗闇に包まれる。ポチは今頃どうしているだろうか。そんなことを考えながら軽トラを走らせた。

3　猟師さんのお宅訪問

木曜日になった。相川さんと同じ狩猟関係の人のお宅にお邪魔する日である。酒を飲むという話なので、初めてなのに泊まることになっている。粗相をしないか心配だ。

今回もタマが留守番するらしい。

「心配だから、あんまり夜遊びするなよ」

と言い置いて、玄関の鍵がかかってないかどうかの確認もし、出かけた。相川さんは山の麓で待っていてくれた。さすがに一晩出かけるのでリンさんは留守番らしい。確かに一晩軽トラの中に置いておくわけにはいかないもんな。いくらなんでも不自然すぎる。

「行きましょう」

相川さんの軽トラに先導してもらい、養鶏場の方へ続く道を進む。途中で道が分かれており、養鶏場とは反対側の道を進むと田畑が広がる平地に出た。山間の村なのにこんなに開けたところがあったのかと少し驚く。道なりにまっすぐ進んだ山側にそのお宅はあった。

目的地は陸奥という立派な表札のある平屋建ての家だった。この辺りの田畑を所有しているらしい。

「農家さんなんですね」

「ええ、今は息子さんが継いでいらっしゃるそうで。山というほどではないですが、この奥の林一帯は私有地だそうです」

「へえ……」

ポチとユマが下りた。こちらをきょろっと窺われたがまだ許可を出すわけにはいかない。

「地主さんにまず確認してからな」

いきなり駆けてってなんか捕ってこられても困ってしまう。ポチとユマはおとなしく、俺の近くで地面をつつきはじめた。多分これぐらいならいいだろう。そうしているうちに軽トラが三台ぐらいやってきた。その人たちも狩猟関係者だった。

「うわあ……聞いてたけどでっかいねぇ。あ、初めまして、普段はサラリーマンですが猟師もしている川中と申します」

「初めまして、相川さんの隣山に住む佐野です」

「川中さん、早かったですね。お仕事は……」

「急ぎの仕事はないので時間休取ってきましたー」

相川さんよりは年上に見える川中さんはこざっぱりとした印象だった。

「あ、ついでに。嫁さん募集中でーす！」

独身らしい。

「うるさい」

川中さんはいきなり後ろからスパーン！　と後頭部を誰かに叩かれた。

「畑野です」

川中さんより年配に見える男性が名乗った。

「こ、こんにちは……」

どうにか挨拶をする。相川さんは苦笑していた。

「畑野さん痛いじゃないですか！」

「お客さんがお前のテンションに引いてるじゃないか」

「引いてるとしたらいきなり人の頭を叩く畑野さんにですよ！」

「うーるーさーいーよー、ごめんねー。戸山と言います。よろしく」

にこにこしながら最後に現れたのは好々爺然とした白髪の多いおじさんだった。名前覚えられるかな。

「これで全員集まったかな」

そう言って戸山さんが呼び鈴を押しに行った。俺はこれからご挨拶だと気を引き締めた。

「……おやー？　いないのかなー？」

戸山さんは少し玄関で待っていたが応答がなかったらしい。それから二度ほど呼び鈴を押したようだがなんの応えもなかったようである。

「困ったなぁ……どっかに出かけてるのかなー」

戸山さんが頭を掻きながら戻ってきた。そして正面を見て、「あ」と言った。つられて振り向くと、麦わら帽子をかぶったお爺さんが野菜籠を抱えて歩いてくるのが見えた。

「おー、もう来たのかー」

「むっちゃん遅いよー」

ゆっくり歩いてきたお爺さんはうちのニワトリたちを見て目を剥いた。ニワトリたちを見て驚かない人っていないよな。

「相川君、彼が例の……」

「はい。こちらが隣山に住まわれている佐野さんです。佐野さん、こちらが陸奥さんです」

「初めまして、佐野といいます。お世話になります」

思った通り、そのお爺さんが陸奥さんだった。俺は頭を下げた。

「でっけえニワトリが村で働いとると聞いたんだが、アンタんちのか……」

「はい、毒蛇が増えていると聞いたので一時的に派遣しました。今は行っていません。すみませんが、敷地内で放してもいいでしょうか」

「ああ、ああ、かまわんかまわん。この辺り一帯はうちの田畑だ。一部貸してるだけだ。裏の林も好きに回ってくれたらええ。何を捕ってくれてもかまわんよ」

「ありがとうございます。でも知らない方が見て驚かれても困るので、ご家族がいらっしゃるのでしたら会わせてもらってもいいですか？」

「そうだな。確かにこの大きさのニワトリが走っとったらばあさんが腰を抜かすかもしれん」

面倒を言って申し訳なかったが、ご家族と、畑を貸しているというご近所にポチとユマを見せにいった。（ご家族はみな畑に出ていたようだった）みんな驚いた顔をしていた。中にはうちのニワトリを遠目で見たことがある人もいたようで、

「ああ、あのでっかいニワトリ……いいなと思ってたんですよ」

と言われた。

「さすがにお貸しすることはできませんが、今日明日はこの辺りの見回りをしていると思いますのでよろしくお願いします」

「助かります」

うちのニワトリたちが毒蛇ハンターとして田畑を回っていたのは周知のことだったらしい。どこの家でも大歓迎だった。

「じゃあ、行くか」

陸奥さんに促されてやっとお宅に足を踏み入れる。ポチとユマは食べていいくず野菜のある場所を教えてもらい、更に林も回っていいと言われたせいかツッタカターと喜んで駆けて行った。知らない土地を冒険しているかんじなんだろうな。

「暗くなったら戻ってくるんだぞー！」

もう小さくなった後ろ姿に、声を限りに叫んだらクアーッ！　と返事があったから大丈夫だろう。ちゃんと返事をするうちのニワトリはイイ子だ。

陸奥さんはこの辺り一帯の地主である。平屋建ての家はとても広かった。長男の家族と一緒に暮らしているそうで、改めて挨拶をさせてもらった。陸奥さんのお孫さんたちは中学生になるらしく（こちらに住んでいるのは一人）そろそろ帰宅するという話だった。

「佐野君だっけか。あのニワトリはどうしたんだ？」

陸奥さんに楽しそうに聞かれた。

「春のお祭りの屋台で、カラーひよこを三羽買ったんです」

「はぁー……」

ほーというイントネーションでみなさんが声を出した。

「確か……相川君ちの大蛇も祭りの屋台だったか」

「そうなんですよ。不思議ですよね、あんなに大きくなるなんて……」

リンさんのことはみんな知らないようだが、テンさんのことは知っているらしい。

「あのニワトリすごいよねー。尾がさー、羽じゃなかったよ！」

川中さん、目ざとい。

「……先祖返り？　恐竜？」

畑野さんが難しい顔をして呟く。

「羽毛恐竜かなぁ……ロマンだねぇ……」

ほんわかと戸山さんが言った。戸山さんの雰囲気はとても柔らかい。癒し系おじいちゃんというかんじだ。

まだ暗くはなっていないが俺が持ってきたビールが振舞われ、陸奥さんの奥さんや息子さんのお嫁さんが料理を運んできた。息子さんはまた畑の見回りに向かった。働き者のようだ。

「佐野君とでっけえニワトリに乾杯！」

陸奥さんの号令でビールを飲む。明るいうちから飲むビールはなんでこうおいしいのだろうか。

「使われてねえ家の解体と片付けだっけか。何軒分ぐらいあるんだ？」

「……一応四軒分ですね。平屋建てで、それほど大きくはありません。一軒はおそらく倉庫のようでした」

「……重機がいるな。一度邪魔してもいいか」

「はい、事前に連絡していただけると助かります」

話が早くて助かる。解体ってどれぐらい時間がかかるんだろう。謝礼の相場も聞いておいた方がいいな。

「で、サワ山の裏山だっけか」

「はい。まだ全然入ってなくて……」

「まぁなぁ……一人じゃそうそう手入れもできないだろう」

「そうですね。僕が自分の山の裏側に行けたのも、こちらにきて一年ぐらい経ってからでしたよ。それもただ見ただけです」

相川さんが同意する。やはり一人ではいろいろ厳しいらしい。

「相川君の山は今どうなってるんだっけか？」

「裏山はあまり手入れができていません。薪だけなら手前の山で事足りてしまいますから」

「そうなんだよなぁ。一人で使う燃料なんぞたかが知れてるしな」

みなうんうんと頷く。それでもできるだけ間伐はするようにしているそうだ。

「まぁいい。なんかあれば声をかけてくれ。時間があれば手伝いに行く。佐野君も遠慮なく声をかけてくれよ」

「ありがとうございます」

社交辞令だとしてもありがたい申し出だった。

日が陰ってきた頃、何か地響きのような音が聞こえてきた。ドドドドドとでかい物が走っているような音である。みなで顔を見合わせた。それまでほろ酔い気分だったのに一気に醒める。

ギイイイ――――ッッ！　というような何かの鳴き声と、物音がしばらく続き……やがてクァ――ッ！　と表からすごい声が聞こえてきた。ポチのようだった。何事かとみなで慌てて外に出たら、ポチとユマがでっかいイノシシを倒していた。

みんな口をあんぐりと開けて、しばらく誰も声を発せなかった。ポチがふんす、といったようなとても誇らしげな顔をしている。

　これはまたシシ鍋（なべ）かなと苦笑した。

「……こりゃあ、たまげた……」

　陸奥さんがしみじみ呟いた。ええもう本当にうちのニワトリがすみません。

　イノシシは前回山で捕まえたものよりも一回り大きく見えた。雄だろうか。またその爬虫類（はちゅうるい）系の尾で足をどうにかして捕まえたようだった。

「あきもっちゃんに電話しようか」

　戸山さんがそう言って電話をかける。解体専門の秋本（あきもと）さんだろうか。そういえば腕が鈍（なま）るといけないから捕まえたら連絡してくれとか言われてたな。

「もしもし、あきもっちゃん？　今むっちゃんのとこにいるんだけど、佐野君のニワトリがイノシシ捕まえてさー。うんうん、前にも捕まえたのか。すごいねぇ……まだ生きてるけどどうする？　え？　来てくれるの？　むっちゃん、あきもっちゃん来てくれるってー」

「じゃあ任せていいな」

　基本イノシシは罠（わな）で捕まえるそうだ。害獣指定されているので猟期でなくても農家などで罠を設置することができるらしい。ただ罠を設置したからといって必ず捕まえられるわけではない。農家の被害は待ったなしなのでニワトリたちはすごく感謝された。ポチがまたふんすと得意げな顔をしている。うん、素直にすごいと思う。

　山などで捕まえた場合は殺して血抜きをし、腹だしまでしてから洗えたらできるだけ洗って秋本さんのところまで運ぶらしい。だがここは平地だし秋本さんもすぐ来てくれるということで任せることにしたようだ。一応基本の作業はここで行うようである。

「佐野さん、内臓などを出す作業がありますから、具合が悪くなるようでしたら見ない方がいいですよ」

相川さんに小声で言われた。うん、まぁ……確かにあまり見たいものではない。

「人によっては貧血で倒れたりもしますから……」

「すみません。挨拶が済んだら僕中に入っててていいですかー?」

川中さんが明るく言う。

「猟師やってんのにそんなことでどうするんだ?」

「苦手なものは苦手ですし。ほら、相川君と佐野君も戻ろう?」

畑野さんが呆(あき)れたような顔をしたが川中さんはあっけらかんとしていた。俺と相川さんに声をかけてくれたことから、気を遣ってくれたのだろうと思う。

「解体は早くて明日だからな。今日はイノシシは食えねえぞ」

イノシシの周りをうろうろしていたポチとユマは、陸奥さんの言葉を聞いて俺を見た。見られても俺じゃなんもできないっての。

「明日以降だってさ。ありがとう。遊んできな」

そう声をかけると二羽はまたツッタカターと駆けて行った。

「言ってることがわかるんだな」

「それなりに知能はありますね」

そうしているうちに軽トラが入ってきた。秋本さんだった。

「おー、佐野君。またイノシシ捕まえたんだって？　君のところのニワトリはすごいなぁ」

秋本さんは上機嫌で、挨拶もそこそこに作業を開始することにしたらしい。お湯を沸かしたりと準備がそれなりに必要ではあるが、その間に川中さん、相川さんと俺は家の中に戻った。さすがにまだイノシシの内臓を見る勇気はなかった。

陸奥さんたちが作業を終えるまで、俺たちはちびちびとビールを飲み、漬物を摘まみつつぽつりぽつりと適当に話しながら過ごした。全くもっていいご身分である。

「へー、以前もあのニワトリたちがイノシシ捕まえたんだ？　優秀だねぇ」

川中さんが感心したように言う。

「うちの山ででしたけど、本当にびっくりしましたよ」

「そうだよねー。誰もニワトリがイノシシを捕まえるなんて思わないよなぁ」

そもそもどこから連れてきたのかとか、かなり疑問ではある。本当にどうやって誘導してきたんだろう。

「でもよかったよ。最近この辺りでもイノシシが普通に出るって聞いてたから」

「そうだったんですか」

川中さんの話は意外に思えた。猟師さんがいるのだから捕まえられないのだろうか。

「結局イノシシは罠でもないと捕まえられないからね。しかもあの大きさってなると罠自体が壊される危険性もある。それを危なげなく誘導してきたってことだろ？　すごいよなぁ……僕もあんなニワトリほしいなぁ」

「川中さんちじゃ無理でしょう」

相川さんが笑って言った。

「まーね、普通のニワトリならともかくあんなでっかいニワトリ、うちで飼える気がしないよ。山さまさまだね」

川中さんも笑った。

川中さんはこの村の、西側に住んでいるらしい。相川さんの山に近いところにある中古の物件を買い取って一人暮らししているそうだ。で、職場はN町にある。印刷関係だと聞いた。詳細はよくわからん。元々東北の農家出身で、若い頃は都会で働いていたらしいが、やっぱり自然の多い場所がいいと、そういうところを探して引っ越してきたらしい。こちらに来てから狩猟免許を取り、趣味で狩猟（罠猟）を行っているそうだ。

「自然の多いところを求めて越してきたのはいいけど、出会いが全くないのは想定外だったなー」

「そうなんですか」

「いやー、昼間働いてるから職場のおばちゃんぐらいしか交流なくてさ。娘さんがいてもまだ高校生とかで……しかもいくら家持ちとはいってもそんな田舎(いなか)には嫁がせられないとか言われてねー」

「……田舎っていっても隣じゃないですか……」

まぁ、山は一つ越えるけど。

「いやー、こっちとあっちじゃ雪の降り方とかも違うからさぁ。トンネルを抜けなくても途中から天気変わるしね」

国境の長いトンネルを抜けるとって……川端康成か。

「そうですね。山の上と麓(ふもと)でも全然違いますよね」

相川さんに振られて頷く。確かに下りてきただけでも全く空気が違う。

「山の上の方がより田舎だよねー」

川中さんがちゃかすように言う。

「田舎っつーか山ですし。……山、楽しいですよ」

俺は笑った。だってでっかいニワトリが三羽もいるんだ。毎日飽きない。

「いいなぁ～、その充実したかんじ。まぁでも若いからだよねー。僕ぐらいおじさんになっちゃうと一人で山を買うなんてできないよ」

「僕ぐらいって……」

「若く見えるー？　僕これでも今年知命（ちめい）なんだよー」

うーんと、確か知命って五十だっけか。って。

「えええ？」

川中さんはいたずらが成功したような顔をして笑った。

五十で嫁さん募集中って、そりゃあ高校生に手は出せないよなと納得した。いや、もちろん俺だって未成年に手を出す気はない。

「川中さんは若いですよね」

「見た目は不惑でも身体（からだ）はぼろぼろよ？　畑野さんとは一つしか違わないのにー」

「え。畑野さん、五十一なんですか？」

「ううん、四十九。アラフィフっていうんだっけ？」

「えええ……」

人は見かけによらないとはこのことだ。畑野さんの方が老けて見えたのに。

そんな話をしていたら、やっと陸奥さんたちが戻ってきて顔を出した。

「大体終わったぞ。秋本は後でまた来ることになってる」

「お疲れ様です」

三人で声をかけた。本当に申し訳ない。

「わしらは先に風呂へ行ってくるからな」

「匂いはしっかり落としてきてくださいよー」

川中さんが言う。陸奥さんは笑って応えた。

「おう。酒全部飲むんじゃねえぞ」

ちょっと顔を出しただけだが血の匂いがすごい。生き物の命をいただくってこういうことなんだなと思った。

やがて三人がほかほかになって戻ってきた。

「ニワトリたちは土間にいるぞ」

「ありがとうございます。見てきます」

断って席を外した。

さすがに窓の外は真っ暗だ。秋本さんは解体所にイノシシを置いてから戻ってくるらしい。で、明日本格的に解体してくれるそうだ。明日も一日いるように言われた。さすがにもう一日不在にするにしてもタマが留守番しているので、明日一旦戻ってから連れてくることにした。

「ポチー、ユマー、お手柄だなー」

一度二羽を表に出してブラシで羽を整える。今夜はこれぐらいしかできないが、二羽はそれでも満足してくれたようだった。

「明日はイノシシ食べられるってさ。明日タマも連れてこような」

二羽は頷くように首を動かした。

家の明かりだけがポツリポツリと点在して見える。空が近いと思うほどの満天の星を見上げた。毎日だって見られる星々だが、見上げるたびに俺は感動する。

「ポチ、ユマ、ありがとうな」

俺のところに来てくれて。

俺は少しだけ空を見上げてから二羽と共に家の中に戻った。それからしばらくして、秋本さんが戻ってきた。

「おーし、秋本が戻ってきたしもう一度乾杯だー！」

陸奥さんは赤ら顔で上機嫌に叫んだ。

宴会中みなさんにいろいろ聞かれたが、主にうちのニワトリに関することばかりだった。気を遣ってもらっているなと感じた。

「内臓は寄生虫とかが怖いから冷凍したからねー。本当は丸二日冷凍した方がいいんだけど……どうしようか？」

秋本さんに尋ねられて首を傾げた。なんで俺に聞くんだろう。

「ニワトリさー、内臓食べない？」

「ああ！　食べます食べます！　じゃあ……しっかり冷凍していただいてもいいですか？」

「うん。土曜日の夜以降取りにきてくれれば渡すよ～」

イノシシを捕ったのはうちのニワトリなので内臓は全部くれるという。もちろん汚物は抜いてだ。前回のイノシシの内臓もギリギリまで冷凍しておいてくれたらしい。業務用の冷凍庫を使っているから急速冷凍はお手の物なのだそうだ。ありがたいことである。

ちなみに多くの寄生虫は、マイナス二十度以下で四十八時間以上冷凍することで死滅するといわれているらしい。もちろん寄生虫の種類によってはさらに長期間生きているものもある。だから内臓などは最低でも丸二日冷凍した方がいいと言われたのだ。

ここらへんの情報は内閣府の食品安全委員会のＨＰを確認することをオススメする。って俺は誰に言ってるんだ？

「シシ肉は明日でいいんだろ？」

「うん。明日の夕方には持ってこれると思うよ～」

「ニワトリさまさまだな！」

陸奥さんが上機嫌でワハハと笑った。

「明日は三羽目も連れてきてくれるのか～。どんな子？」

川中さんはうちのニワトリたちに興味津々だ。

「メスですよ。どちらかというと……ツンデレです」

「ツンデレ？」

「ツンの方が強いですが」

「へー」

基本優しいし、俺のことを気遣ってくれているのはわかるのだが、何せつつかれる回数が半端ない。ちょっとでも気に食わないとつつくんだもんなぁ〜。タマのことも大好きだけど延々つつかれるのはつらい。

「それさー、佐野君一言多いんじゃない？」

「……うっ……」

今までのエピソードを話したら川中さんに笑われた。

「そんなんじゃモテないよ〜」

「お前には言われたくないだろう」

畑野さんが川中さんに無情なことを言う。

「えー？　僕は出会いがないだけだって」

「どうしても結婚したいなら村役場主催の婚活パーティーにでも行ったらどうだ」

「……僕みたいなおじさんが参加したら白い目で見られちゃうじゃないか〜」

川中さんはくねくねしだした。嫁さん募集中とは言っていたが、本当のところ、まだ結婚したいと思っていないのだろう。

「村役場主催の婚活パーティーなんてものがあるんですね……」

今は確かに出会い自体がないし、村としてもそこでカップルができて村が繁栄してくれればと思っているのだろう。自治体もいろいろたいへんなのだなと思った。

「佐野君は興味あるの？」

川中さんの顔が近い。

「いえ……俺は当分いいです。そんなのがあるんだと思っただけですよ」

「いつまでも若いと思っているのは今のうちだけだ。時間なんてものは飛ぶようにすぎる」

しみじみと畑野さんが言った。そうなのかもしれない。でも二十五歳の俺にはまだピンとこない。

「まあまあ、今は生き方も多様化してるからいいんじゃないかな」

戸山さんがフォローしてくれた。

「明日は久々のシシ肉だ。お前らも家族連れてこい！」

陸奥さんが更に真っ赤(まっか)な顔をして言う。かなり酔いが回ってきたようだ。

「シシ肉、食べるかなぁ……」

戸山さんが苦笑して言う。奥さんとかお子さんのことだろうか。

「えーと、すみません。うちの分も分けていただいてもいいですか？」

相川さんが確認を取る。リンさんとテンさんの分だろう。

「ああ、大蛇の分か。いいんじゃねえか？」

みな異論はないようだった。そんなこんなで夜中まで飲んで食べて騒いだ。家は点在しているかららどんなに騒いでも近所迷惑にはならないが、息子さん家族には少し悪いことをしたなと思ったのだった。

翌朝は陸奥さんの奥さんがニワトリたちに野菜くずなどを与えてくれたらしい。俺が起きた時にはすでに二羽は田畑を駆けずり回っていた。

「奥さん、すみません」

「あらあら奥さんだなんて。こんなおばあちゃんにそんなしゃれたこと言わなくてもいいのよ～。

ニワトリのお名前、教えてくださる？」

「オスの方がポチで、メスの方がユマです」

「……あら、そう」

ネーミングセンスがないことは自覚しています。

「もう一羽いらっしゃるとお聞きしたけど……」

「もう一羽はメスで、タマです……」

「……そうなのね」

だって呼びやすいし、本人たちも文句言わないし……。おっちゃんちの界隈がとても寛容だということがよくわかった。

「ポチちゃんとユマちゃんはお肉召し上がるのかしら？」

「はい、なんでも食べます。雑食なので……」

「でも、鶏肉はまずいわよねぇ……」

「そうですね……本人たちは気にしないとは思いますが気持ち的に……」

なんとなくうちのニワトリたちは、他のニワトリとは違うものだと自分たちでも認識しているようだった。まぁこういうのは人間の気持ちの問題だと思う。基本虫でもなんでも食べるから鶏肉にこだわる必要もない。

「あげる時は味はつけない方がいいのよね」

「そうですね。そうしていただけると助かります」

人間の調味料は他の生き物にとっては毒になるものもある。そう考えると人間って雑食という意味では最強なのかもしれない。

陸奥さんの奥さんはポチとユマに何か食べさせたいらしい。かわいがってくれるのはとてもありがたいと思う。

昼食をいただいてから相川さんも一度山に戻るというので俺も戻ることにした。ポチとユマにタマを連れてくると伝えたら、ユマが当たり前のように助手席の前に移動した。ただタマを連れてくるだけなんだが。

「タマを連れてくるだけだぞ？」

ユマがツンッと助手席のドアをつついたので開けた。もふっと収まるのがかわいい。ドライブの道連れがいるというのはなんとも嬉(うれ)しかった。

4　ニワトリを自力で捕まえることができると、いつから勘違いしていた？

よく考えなくても山の見回りは欠かせない。陸奥(むつ)さんのお宅には夕方に着くように向かえばいいから多少時間はある。まずタマを捕まえることにした。

「ユマ、今夜はタマも一緒に行くから探してきてくれないか？」

ユマは頷(うなず)くように首を動かすと、ツッタカターと駆けて行った。

真昼間である。朝早い時間ならタマも家にいたかもしれないが、この時間家の中にいるはずがなかった。とりあえず家の窓という窓を開け放って換気をし、家の周囲や畑の見回りをした。

うん、今日も雑草が元気に繁茂している。

だからお前らはいつ成長してるんだっての。

畑の周りの雑草を引き抜いていると、ユマがタマを連れて戻ってきた。ユマさまさまである。

「タマ、ただいま～」

「オカエリー」

ああなんだろうこの多幸感。つい顔がにやけて崩れてしまう。

と、タマが一歩後ずさった。何コイツ、みたいな目で見られている。いいかげん泣くぞ。

気を取り直してこれからのことについて話をすることにした。

「ユマに聞いたか？　昨日(きのう)ポチとユマが猟師さんの土地でイノシシを狩ったんだ。で、今夜それを猟師さんちに食べに行くことになってる。相川(あいかわ)さんも来るけど……って待て！　話は最後まで聞け！　ユマ、タマを止めてくれ！」

相川さんと聞いた途端タマは踵(きびす)を返した。だからどんだけリンさんとテンさんが苦手なんだよ。

ユマにどうにか前に回ってもらいどこかへ行こうとするのを阻止してもらった。

あれ？　これって、やっぱポチかユマに来てもらわなかったらどうにもならなかったってことかと今更ながら気づいた。当たり前のように助手席に収まってくれたユマに感謝である。

ホント、こういうところも俺って抜けてるよな。しかし反省するのは後だ。

「タマ、今日はリンさんもテンさんも来ないから！　今夜も泊まりになるから絶対に来ない！　保証する！」

リンさんを連れて行って一晩中車の中に置いておくことはできないし、テンさんは車自体があまり好きではないらしい。先日うちに来たのはアメリカザリガニ食べたさである。イノシシの肉は相川さんが一部持って帰るということで話がついているからテンさんだけ来るとは考えづらい。そして夜運転するなんて恐ろしいことは絶対にできない。村の中はともかく、この辺りの山は街灯なんてしゃれたものはないのだ。死んでしまう。

それでも疑わしそうな顔をしているので相川さんに電話をかけた。

「佐野さん、どうしました？」

タマにも聞こえるようにスピーカーにした。

「すみません、陸奥さんちにはリンさんとテンさんは連れて行かないんですよね？」

「ええもちろん。リンは車から下りられませんし、テンは……さすがに視界の暴力ですよね。あんなのが田畑にいたら通報されちゃいますよ」

「ははは……ありがとうございます。すみませんでした。ではまた後で～」

「また」

視界の暴力かー。確かにあんな開けたところで大蛇がとぐろを巻いていたら怖いよなー。人によっては心臓麻痺とか起こしそうだ。警察や救急車だけでなく自衛隊まで派遣されそうである。

電話を切ってタマを見る。

「な、俺の言った通りだったろ？　一緒に行こう」

「イコー」

「……イコー」

しぶしぶではあったがやっと同意してくれた。本当に気難しいニワトリである。ま、タマはそれでいいんだけどさ。

今日は家に鍵(かぎ)かけていいんだよな？　指さし確認をする。

ユマは助手席、タマを荷台に乗せて山を下りた。もちろん麓(ふもと)の金網にも鍵をかける。道はだいたいわかったので陸奥さん宅には各自で行くことになっている。途中雑貨屋に寄ると、もう下校時刻を過ぎたせいか子どもたちの姿があった。

「あー！　ニワトリだー！　でっかーい！」

「にーちゃん触っていいー？」

「ニーワートーリー！」

「ニワトリたちにちゃんと断ってから、優しく触れよ。羽抜いたりしたら蹴(け)られるからなー」

蹴られたら重傷になりそう。そろそろうちの山にも猛獣注意の看板を設置した方がいいだろうか。

「はーい」

子どもたちは素直だ。他の家でもニワトリを放し飼いにしているところがあると聞いているから、ニワトリの強さ等は知っているのだろう。

手土産にビールを箱買いして、すぐに雑貨屋を出た。

「えー、もう終わりー？」

「はやーい！」

「また今度なー」

子どもたちのブーイングを背に、タマとユマを軽トラに乗せる。二羽もためらわなかったからそれでいいのだろう。

例え話だが、大型犬は訓練されているからおとなしいが、猛獣である。散歩をしているとおとなしいからと断りもなく触ろうとする人もいる。だが犬だっていきなり触られてびっくりすれば何をするかわからない。いくら訓練されていてもとっさに噛(か)みついてしまうことがないとはいえない。勝手に触る人が悪いのに噛みついたら犬が悪いことになる。最悪処分されることだってある。だから動物に触れたいと思っても、勝手に触らないようにしてほしい。そして飼主の許可を得たとしても、触る時は優しく触ってあげてほしいと思う。

うちのニワトリたちは子どもの手を嫌がらないからいいが、それでも我慢はしているはずだから。

「ポチが待ってるぞー」

そう言ってエンジンをかける。

ポチは田畑を駆け回っているだろうか。また蛇を捕まえたりしているだろうか。陸奥さんの土地は広いから、さぞかし走りがいがあるだろう。ポチがツッタカターと走っている姿を思い浮かべてにまにましてしまう。

俺って本当に自分ちのニワトリが好きなのだなとしみじみ思った。

養鶏場に続く道を反対に曲がって進めばいいだけなので、俺は危なげなく陸奥さんのお宅についた。

この辺は本当に開けているから二度目でもはっとしてしまう。山間の村なのに田んぼや畑が広がっていて家が点在しているのだ。更に東側には林もある。昔ながらの田舎(いなか)の風景というのだろうか。思ったより山が近いので少し圧迫感はあるけれど。（林の東側はもう山だし、北側も川を挟んで山

である）

　俺が車を下りてからタマとユマも下りる。ブルブルッと身体を震わせるさまがかわいい。乗ってるだけだと身体固まっちゃうもんなー。辺りを見回してポチの姿を探したが見当たらなかった。もしかしたら林の奥まで行ったのだろうか。まぁ暗くなる前には戻ってくるだろう。

「おー、戻ってきたかー」

　畑の方から陸奥さんがやってきた。今日も畑仕事をしていたらしい。働き者である。

「はい、今戻りました。こちらが三羽目のタマです」

「おー」

　陸奥さんはユマとタマを前に視線を何度も巡らせた。

「同じニワトリの雌なのに比べて見ると個性あるなー。タマちゃんはあれだ、えーと、くーるびゅーてーとかいうヤツだな！」

　陸奥さんがそう言って親指を立てた。

　クールビューティー？　ただのツンデレだろ？　しかもツン多めの。俺が首を傾げるとタマが近寄ってきた。そして何かを感じ取ったのか俺をつっつきはじめた。

「いたっ！　タマ、痛いって！　なんでつつくんだよ～」

「動物はいろいろ敏感だからな～」

　陸奥さんはワハハと笑うばかりで助けてくれない。陸奥さんが止めに入ったら返り討ちにされそうだから、それはそれで正解ではあるのだが。

「ユマちゃんはかわいい系だな。どうだ、おじさんとでえとでもせんか？」

ユマが一歩陸奥さんに近寄る。え？　マジで？

「よしよしいい子だな～、おいしい野菜を食わせてやろう」

トトトッとユマが陸奥さんについて行く。えー……。

「ユマ、そんな～……」

俺はタマにつつかれるのをよけようとしながら家の周りを走らされた。途中からタマは追いかけるのが楽しくなってきたらしく一方的な追いかけっこになっていたが。いや～捕食は勘弁して～。

そうしている間に車が続々と駐車場に入ってきた。そういえばみんなの軽トラがなくなっていたことに、今頃になって俺は気づいた。みな一旦家に帰っていたらしい。あ、でも。

「みんな戻ってきたね～」

家の中から川中さんが出てきた。彼はどうやら家には戻らなかったらしい。

「あれ？　佐野君おっかけっこ？　元気だね～」

「そ、そんな、楽しい話じゃないです～っ！」

山で暮らすようになって体力はついたと思うが持久力はそれほどない。とりあえず若さでカバーしている部分はあるが、明日は筋肉痛かもしれない。

「元気だな……」

「若いっていいね～」

畑野さんと戸山さんが何か言っている。相川さんは微笑ましそうな表情をしていた。頼むから止めて～。多分無理だけど。うん、わかってる。わかってるけどいいかげんつらい。

「佐野く～ん、シシ肉持ってきたよ～」

秋本さんが来てくれたらしい。

「タマ！　肉来たってー！」

声の限りに大声を出して伝えると、タマはやっと止まってくれた。

「はぁ、はぁ、はぁ、はぁ……」

まさしくぜえはあと息を吐きながら俺はその場にしゃがみこんだ。つらい。ニワトリの体力すげい。

「すごいね～、あんなに相手してあげなきゃいけないのかー。僕には無理だな～」

川中さんが感心したように言った。俺も勘弁してほしいです。なかなか息が整わなくて困った。

タマには結局つんつんつつかれた。痛くはなかったけど一度はつつかなきゃいけなかったらしい。ひどい。

秋本さんが家に入って声をかけると女性陣が出てきた。何人か見たことがない人もいたことから、関係者はもうすでに来ていたらしかった。

「佐野君、紹介しておくね。こちらが僕の奥さんで、こちらが畑野君の奥さん。あちらが、陸奥さんのお孫さんだよ～」

「初めまして、佐野といいます。お世話になります」

戸山さんの奥さんは白髪（しらが）の似合う上品な方だった。畑野さんの奥さんは少し若めの女性、そして陸奥さんのお孫さんは女子中学生だった。

「初めまして、こちらが佐野さんが飼っていらっしゃるニワトリさん？　大きいのねぇ～」

「あら？　こちらは違う子よね？　タマちゃんかしら？」

戸山さんの奥さんと陸奥さんの奥さんがタマを見て楽しそうに言い合う。タマは先ほどまで俺を追いかけ回していたことを忘れたように、コキャッと首を傾げた。なんかあざとい。畑野さんの奥さんと女子中学生は目を剥いていた。うん、戸山さんの奥さんが大物だということはわかった。

「はい、こちらはタマです」

「ユマちゃんは？」

「陸奥さんとデートに行きました」

「あらあらうふふ、あの人も隅におけないわね～」

陸奥さんの奥さんがほがらかに笑う。よかった、目も笑っている。

「じゃあみなさん始めましょうか。いろいろ用意するものがあるから手伝ってね～」

奥さん方が秋本さんからシシ肉を受け取り、家の中に入っていく。その後は川中さんが段取りなどを聞いていたらしく、みんなで手分けしててきぱきと準備をした。おっちゃんちの時は特に手伝いも何もしなかった。やっぱ俺って気が利かないなと大いに反省した。

ちなみに陸奥さんは、どこから持ってきたのか籠をうまーくユマにしょわせて上機嫌で戻ってきた。籠の中身は野菜でいっぱいだった。そしてポチは日が落ちてからマムシを咥えて戻ってきた。どうやら何かお土産を探していたらしい。陸奥さんが喜んでマムシを回収した。マムシ酒にするらしい。なんというか、この村の特産がマムシ酒になりそうな勢いである。もちろん販売はできないが個人で楽しむ分にはいいのだろう。

そんなこんなで日が落ちてしばらくしてから、シシ肉をメインとした酒盛りが始まった。

ニワトリたちの分は専用のビニールシートの上に置いてもらえた。イノシシの肉と豚肉、そして野菜類である。陸奥さんたちの好意が身に沁みた。本当に頭が上がらない。

ちなみにポチたちには、イノシシの内臓は日曜日にもらってくると言ってある。さすがに土曜日の夕方取りに行くというのは時間的に厳しいからだった。秋本さんの職場で夜明かしは避けたい。(夕方以降山には危なくて戻れない。外灯がないので)

シシ肉は先に煮込まれてからBBQになったものとシシ鍋になったものに分かれた。

シシ肉の他に鶏肉や豚肉も焼かれている。もちろん肉はおいしいが、ピーマンやナス、トマト、ネギ、シイタケ、タマネギなどもとてもおいしかった。俺は特に好き嫌いはないのだが、それでもここに来てから沢山野菜を食べるようになったと思う。

「なんでこんなに野菜がおいしいんだろうなぁ……」

うちの実家も離れたところに小さい畑があったが、こんなに野菜がおいしかったという記憶はない。

「おいしいって言ってもらえて嬉しいわ。あの人も喜ぶわね」

男性陣でビニールシートに座って食べているところに陸奥さんの奥さんが通りかかった。こういう時村では自然と男女はそれぞれに分かれる。女性たちがビールや料理の世話をしてくれることはあるが、男は基本動かない。飲み食いしているだけだ。俺は一応ニワトリたちの動向の確認をしているが、アイツらも何かあれば俺のところに来るからそれほど気にする必要はなかった。

「漬物もおいしいですよね。若い頃はしょっぱいしクセはあるしであんまり好きではなかったんですけど……」

相川さんが頭を掻いて言う。

「相川さんはまだまだ若いじゃない！」

「いえいえ、最近遅くまで起きているのがつらくなってきましたよ～」

陸奥さんの奥さんがコロコロ笑う。そうして奥さんは戻って行った。

ビールを二本空けたところで陸奥さんのお孫さんが他の子たちと一緒に近づいてきた。そのおそるおそるという体に「?」が浮かぶ。その子たちは俺の前にやってきた。

「あの～、佐野さん、ですよね？」

「うん、そうだけど？」

「これ、食べてください！」

皿に野菜やら肉やら盛られている。

「あ、うん。ありがとう？」

なんだろうと思いながら皿を受け取った。

「あのぅ……その、ニワトリ？　なんですけど……」

「うん、うちのニワトリがどうかした？」

どうも中学生を筆頭にうちのニワトリたちが気になってしかたないらしい。四人の子どもたちがちらちらとニワトリたちを窺（うかが）っている。ニワトリたちは我関せずで肉をつついていた。

「あんなでっかいニワトリどこで買ったんですか？」

「どこでって……村の春祭りの屋台だけど？」

「えええ!?」

「見た？」

「ううん、見てない……」

「えー……」

子どもたちがわちゃわちゃと言い合う。ちょっと騒がしい。

「えーと、ニワトリで売ってました？」

「いや？　カラーひよこを買ったんだよ」

「あー！」

「そういえば青いひよことか売ってたー」

「頭がピンクの見たよー」

「あーそっかー」

どうやら心当たりはあったようだ。よかった、俺だけに見えてたわけじゃなかった。会う人会う人にそんな屋台あったっけみたいな顔をされて、もしかして俺だけにしか見えてなかったのかとおかしな気持ちになっていたのだ。正直何かのお導きとかではなくてよかったとほっとした。

「生き物売ってる屋台って他に見たことある？」

「うん。ちっちゃい蛇とか？　売ってるの見たことある。気持ち悪くてすぐに逃げたけど」

相川さんちの大蛇だろうか。

「一昨年（おととし）だっけ？　トカゲとか売ってたよねー。誰（だれ）が買うんだろー」

桂木（かつらぎ）さんちのドラゴンさんかな。

「大分前に亀も見たよー。そこらへんで捕れそうだったけど」

「ザリガニとかも売ってるけどわざわざ買わないよねー」

ザリガニはともかく、亀って、なんかないか？

冷汗をかく。

「そうなんだ？　じゃあ生き物を売ってる屋台って普通にあるんだね」

「にーちゃん何言ってんの？　金魚すくいは毎年あるだろ」

それもそうだった。金魚すくいは定番である。

「今年久しぶりにお祭りに行ったから、忘れてたよ」

すでに国外に出ているだろう彼女とは昨年の秋口にいいかんじになったのだ。二人でお祭りなど行くタイミングもなかった。年が明ける前には婚約して、それから……。

ふとこんな風に思い出しては切なくなったり腹が立ったりと忙しい。今思い出すことじゃないだろ。やめやめ。

「夏祭りにカラーひよこ売ってないかなー」

「うちのニワトリみたいに育つかどうかはわからないだろ？」

「あー、そっかー」

そう言いながら子どもたちはちらちらニワトリを見ている。ああなるかも？　なんて思っているのだろうか。

「それに……うちのニワトリたちみたいに育ったらたいへんだぞ。うちは山だからいいがそうじゃなければ餌代だってばかにならないし、羽を整えたりとか健康状態も見てやらなきゃならない。それに運動量も多いから飼うにはそれなりの広さの土地が必要だ。狭いところだと運動不足になるから夜中に起きて鳴いたりもするしな」

「そっかー……」

うちのニワトリたちはそりゃあかわいいが、安易に飼えばいいなんて言えない。飼うことのデメリットを話せば子どもたちも多少は理解したようだった。

「ニワトリ、触ってもいいですか？」

「今は食事中だからだめだよ。落ち着いたら呼んであげるから待ってて」

子どもたちは素直に頷(うなず)いた。みんないい子だなと思いながら、持ってきてくれた食べ物をいただく。さすがにもう冷めていた。

ある程度食べてからニワトリたちの様子を見に向かった。量が多かったのか、肉は平らげられていたが野菜は多少残っていた。まだ食べられそうな野菜を除(よ)けてビニールシートを洗う。ニワトリたちのことなので俺がやるべきだ。やらなくていいぞと言われたが、これだけは譲れない。野菜もよく洗い、改めて明日の朝出してもらうことにした。（肉類が触れたので明日の朝は茹(ゆ)でてくれるらしい）

ニワトリたちは子どもたちの相手もよくしてくれた。

表は暗かったけど、ポチは男の子と田んぼに落ちないようにおっかけっこをしたり、タマとユマは女の子たちとこしょこしょないしょ話をしていたみたいだった。なんだかとても楽しそうだ。

俺なんかよりよっぽど気遣いができるよなーとたそがれた。

翌朝は頭痛がした。思ったより飲んでいたらしい。これではまた昼過ぎまで運転はできそうもない。隣で寝ていた相川さんはピンピンしている。本当に酒に強いのだろう。少し羨ましいなと思った。

「おはようございます。佐野さん、ごはんは食べられそうですか？」

胃の調子を確認する。

「……んー……少し、なら……」

「伝えてきますね～」

さっと立ち上がって出て行く姿がやっぱり羨ましい。何気に自分の布団とか丁寧に畳んでるし。イケメンでまめでハイスペック（なんか被ってる気がする）とかできすぎだろ。

俺はもそもそと布団から出た。それだけでふーとかため息をついてしまう。おかしいな、相川さんより若いはずなんだが。

一緒に泊まった川中さんたちはまだ夢の中だ。布団畳まなきゃなと思っていたら相川さんが戻ってきた。

お盆に梅茶漬けと漬物、そしてお茶が載っている。

「縁側で食べませんか？」

先日おっちゃんちでいただいたのと同じラインナップだった。飲んだ翌朝の定番なのだろう。確かにまだおじさんたちは寝ているからと、布団を畳んでからこっそり移動した。

田畑がよく見える縁側でお茶を飲む。もうニワトリたちは駆け回っていた。

「元気だなー……」

昨夜けっこう遅くまで子供たちと遊んでいた気がするけど、あれでも運動量はいつもとんとんといったところなのだろう。もしかしたら少し足りないかもしれない。うちで夜中に騒がれる分にはいいがよそさまのお宅ではいただけない。

「元気ですね。生命力を感じますよ……」

何故(なぜ)か、先ほどまで元気そうだった相川さんが疲れたように呟(つぶや)いた。

「……どうかしました?」

「……女子中学生でもだめなようです……」

「あー……」

まぁ最近の子は発育がいいからなぁ。って、あんまりはっきりとは見ていないけど。

「話しかけられたりしたんですか?」

「なんか……多分若い女の子に好意的なものを向けられるとだめみたいですね。もうなんていうか、冷汗がだらだらと、流れて……」

イケメンはイケメンでたいへんらしい。きっと恋愛感情とかはなくても相川さんの顔を見て赤くなったりしたんだろうな。俺が思わず美女に見惚(みと)れてしまうのと一緒で。胸は大きい方が好みだ。って俺の好みはどうでもいい。

「……そう簡単にどうにかなるものではないですよね」

多分。

きっとそれは精神的なものだろうから、本気で治そうと思ったら専門の機関に行かないと無理なのかもしれない。

「……だめならだめでいいんですよ。ただ、倒れたりしたらやだなぁと思いまして」

貧血でも起こしそうなのだろうか。それは困るかもしれない。

「……倒れそうなんですか？」

「あんまり近寄られるとまずいですね」

「それ、心療内科とかに行った方がよくないですか？」

「うーん……でもこの辺りじゃそんな病院ないですよね。ってことで、これからも仲良くしてください」

にこにこしながら言われた。正直面倒だなと思ったけど相川さんにはかなりお世話になっている。当分女性にそういう気持ちは抱けないだろうから、それはそれでいいかなとも思った。

「……俺全然気が利かないんですけど」

「そんなことないですよ。って、まるでお見合いみたいですね」

鳥肌がぶわっと。

「……やめてください」

冷汗が冷汗が。ってこれは脂汗か？

「冗談ですよ～。これからもよろしくお願いします」

「こちらこそ」

うん、飲んだ翌朝の梅茶漬けは最高だなと思った。


昼までまったりしているつもりで居間でぼーっとしていたら、ユマが何かの枝のようなものを咥(くわ)

えてきた。

「？　ユマ、これどうしたんだ？」

枝の先の方にブルーベリーらしき黒っぽい実がついている。なかなか大きくて立派だ。

「ああ、確かあちらの農家さんがブルーベリーもやっていましたね」

相川さんが気付いたように教えてくれた。

「へえ、この辺ってブルーベリーの産地なんですか？」

養鶏場の松山さんのところでも確か植えていた。あそこのはまだ小ぶりだったけど。

「いえ、そうではないはずですけどこれぐらいの気候だと育てやすいのではないでしょうか？　長野県とか聞きますよね」

「確かに……」

よくわからないけど、それなりに涼しいところでも採れるものなのかな。

ユマが俺の手にブルーベリーの枝を落とした。

「これって、勝手に取ってきたらだめだよな？　どうしたんだ？」

「ちょっと聞いてきましょうか。あちらの農家さんのはずなので」

「あ、一緒に行きます」

ということで相川さん、ユマと共に少し離れた農家さんの家まで向かった。

「こんにちはー」

北側にある家の側に人がいたので声をかけた。

「あら、相川さん、佐野さん。昨日はごちそうさまでした」

腰が少し曲がったおばあさんが挨拶を返してくれた。

「いえいえ。あの、すみません。うちのニワトリがブルーベリーの枝を持ってきてしまったのですが、植えているお宅をご存じないですか？」

「ああ、それはあたしがあげたんだよ。よかったら採っていくかい？」

「ええ？　よろしいんですか？」

「いいよいいよ。昨夜は久しぶりにいいものを食べさせてもらったからねぇ」

そう言って、おばあさんは俺たちを家の裏手に案内してくれた。

「子どもたち用に植えてるんだけど、最近はなかなか摘みに来てくれないから好きなだけ摘んでっておくれ」

「えええ？　そんな、本当にいいんですか？」

等間隔にブルーベリーの木が三列ぐらい植わっている。思ったより木の数は多いが、本当に摘んでしまってもいいのだろうか。

「食べてくれる人に摘んでもらった方がブルーベリーも喜ぶよ。うちに植えてるのは虫がつかないやつだから、安心して摘んでおくれ。無農薬だからそのまま食べられるよ」

おばあさんはにこにこ顔でボウルを貸してくれた。

「ニワトリもブルーベリー食べるんだねぇ。けっこう害獣もいるから、うちもニワトリを飼おうかしらねぇ」

ブルーベリーを摘みながらおばあさんの話に付き合う。

「害獣なんてこの辺りにも出るんですか？」

「そうなのよ～。多分タヌキかハクビシンかなんかだと思うんだけどね。全く、いったいどこにいるんだか……」

　おばあさんはぼやいた。

「それは困りますね」

　相川さんもおばあさん相手なら大丈夫みたいだ。害獣には普段は網などで対処しているらしいのだが、それでも齧られてしまうことがあるそうだ。相川さんは少し考えるような顔をしていた。ユマが食べたさそうに俺の側にくっついてくる。

「ユマは陸奥さんちに戻ってからな？　どれだけ食べたかわからなくなるから」

　そう言うとユマはコキャッと首を傾げた。わからないと言いたげである。ああもうなんだろうこのあざとさ。かわいくていくらでもあげたくなってしまうが我慢だ我慢。

　あんまり食べさせるとおなかが緩くなるって聞いてるし。

「ユマの身体が心配なんだよー」

　ユマの羽を優しく撫でたらくりくりとした丸い目でじーっと見つめられた。そのかわいい目で見つめられてもだめなものはだめなんですユマさん。聞き分けてください。

　ボウルに半分ぐらい黒っぽい実を摘ませてもらった。

　ブルーベリーは赤い実もあるが、赤いのはまだ熟していない。色がキレイだからと採ってしまうととても酸っぱい。ブルーベリーというと青、というイメージがあるが実際には限りなく黒に近い紺である。それに白っぽいものが付着している。白っぽいものはブルーム（果粉）といって、ブルーベリーが自ら出しているものであり、水分の蒸発を防いで新鮮さを保つ役割がある。きゅうりについている白いのと一緒だ。え？　最近ブルーム付のきゅうりは見ないって？　うちの畑で採れるのには普通についてるけどな。

脱線した。

「ありがとうございます」

おばあさんに礼を言うと、「そんな程度でいいのかい？」と言われて更に沢山いただいてしまった。相川さんは苦笑していた。

「またおいで～」

おばあさんに上機嫌で送り出され、俺たちは陸奥さんの家に戻った。

相川さんはさすがに一人では食べ切れないのか、陸奥さんの奥さんに少し分けていた。うちはニワトリも食べるのでそのまま持って帰ることにする。ユマには陸奥さんちに戻ってからだと伝えてあったから少しあげた。嘴の周りをティッシュで拭く。

食べられてユマも嬉しそうだった。よかったよかった。羽をバサバサと動かしている。

「ブルーベリーなんて久しぶりねぇ」

陸奥さんの奥さんが嬉しそうに言っていた。

以前はお孫さんも摘みに行ったりしていたらしいが今年はまだ摘みに行っていないそうだ。

「あちらのお姉さん、子どもさんたちが摘み取りに来るのを待っていらっしゃいましたよ」

相川さんが伝える。危なかった。俺だとまんまおばあさんと言ったに違いない。こういうところが（以下略）。

奥さんはコロコロ笑った。

「あらあら、相川さんったら口がうまいんだから。孫に伝えておくわね～」

陸奥さんちでお昼を軽くいただいて、やっと俺たちは帰路についた。明日の朝は秋本さんのところへ行くことになっている。内臓の上手な解凍のしかたとか教えてもらわないと。

軽トラを停めると、帰ってきたー！　とばかりにニワトリたちは車から飛び降りた。そしてユマを残してツッタカターと山の奥へと消えていく。やっぱり運動不足だったんだろうなぁ。

「ユマも遊んできていいんだぞ？」

「オフロー」

「……え？」

いきなり思いがけないことを言われ、俺は目が点になった。でも、そういえばここ二日ほどユマは入浴していない。砂浴びとかはしていたし、俺が羽の手入れはしていたけど風呂には入っていなかった。

「うーんと、夜じゃだめ？」

「ダメー」

「……じゃあ準備するから待っててくれ」

浴槽にお湯を溜める間に家の窓を全部開け放つ。その間ユマには畑を見てきてもらった。害虫がいたら食べておいてもらうように言って。無農薬農薬は撒いてあるけど念の為だ。本当は少し草むしりもしたいけどそれは明日でもいいだろう。だってユマはとてもがんばってくれていたんだし。

「帰ってきたなー……」

ついそんなことを呟いた。別に昨日だって一旦帰ってきたのに、家を何日も空けていたような、そんな気がした。

5　夏真っ盛り。山暮らしはサバイバル

うちのニワトリたちが陸奥さんの土地でイノシシを捕まえた翌週、

「佐野さん、もう少しかまってください！」

桂木さんから電話がきた。普段ＬＩＮＥでやりとりはしていたが、そういえばしばらく会っていなかった気がする。

かまってって言われても、えー……。

「……どうしろと」

察する能力はないのでまんま聞いた。だって彼氏とかじゃないし。

「町に買物行く時とか付き合ってくださいよ！」

「えー……女性の買物は時間がかかるからなぁ……」

「なんで相川さんはよくて私はダメなんですか⁉」

なんだろう。このわけのわからない巻き込まれたかんじ。（意味不明）

「だから……女性の買物は時間がかかるからあんまり付き合いたくないんだって」

「じゃあ相川さんとはどういう風に出かけてるんですか？」

「え？　うーん……お互いに軽トラ乗って行って、各自用事を済ませて、駐車場で弁当かなんか食べて帰るぐらいかな」

「それ一緒に出かける意味あるんですか⁉」

「ついでだから別にこんなもんだよ」

何せ相川さんにはリンさんがいるし、俺にはユマがいるからそれぐらいしかやりようがない。相川さんとは駄弁ることもあるが、なんとなくリンさんとユマの交流会っぽい気がする。

「えー？　S町にでっかいショッピングモールができたって聞いたんですよー、行きましょうよー！」

そういえばそんな話を聞いた気がする。しかし全く興味がない。

「山中（やまなか）さんと行けばいいんじゃないかな」

「おばさん忙しくて行けないっていうんですよ。佐野さん誘って行けばって言われてー」

ああ、それでその気になったわけか。そうじゃなきゃ俺を誘ったりしないだろう。

山中さんというのは桂木さんの知り合いのおばさんである。女性の買物は女性同士で行くのが一番だと俺は思うんだけど。

なんというか、桂木さんは流され系なかんじがする。誰かがそう言うとすぐその気になる、みたいな。それが悪いわけではないが、それなりにかわいい容姿をしているので気を付けてほしい。

「誘って行けばって言われてもなー……ユマも一緒だから長居はできないし……」

「ええ？　町にニワトリさん連れて行くんですか？」

「連れて行きたくはないけど、多分勝手に助手席に乗っちゃうと思うんだよね」

最近助手席のドアつつかれるし。そろそろ嘴でドアとか開けそうなんだよな。

「あーじゃあだめかー……」

残念そうな声が聞こえた。まぁあとは俺、桂木さんとユマだったらユマを優先するしな。

「じゃあ誰か紹介してくださいよー。一緒に町に行ってくれそうな人！」

「湯本(ゆもと)さんとかは？」

「電話番号教えてください！」

湯本のおばさんに頼むことにしたらしい。ショッピングモールに一人で行くというのは確かに少しハードルが高いかもしれない。近所ならいいけど隣町だからそれなりに離れてるしな。

一時間後、「ありがとうございました！」とＬＩＮＥが入っていた。本当におばさんと出かけることにしたらしい。よかったよかった。


夏真っ盛りである。

そろそろお祭りということで、週末は一度会合に出ることになった。一応祭りは土日の二日間やるらしい。それぐらいやらないとテキヤが来てくれないのだとか。その次の週末は更に奥にある村で夏祭りをするそうだ。八月はお盆もあるしこの辺りは日程をずらして村や町ぐるみでお祭りをするという。

そういえば桂木さん、祭りに連れて行けとは言わなかったな。今回は俺も手伝いをするからどーせ無理だけど。ちなみにニワトリたちは一晩山で留守番である。初日は丸一日いて、祭りは夜だから俺は山に帰れない。ニワトリたちをおっちゃんちに、とも思ったが運動不足だと夜中に起きて近所迷惑になる。その為今回は泣く泣く三羽には留守番してもらうことになったのだ。

一晩ニワトリたちと一緒にいられないのは初めてだ。でも泊まりの際は同じ建物の中にいても関わっているわけではないから、なんてことはないかもしれない。つーかそうでも思わないとやってられない。

ユマに、好きな時に羽を撫でさせてもらえない、だと？

ちょっと考えただけで憂鬱だった。俺はどんだけうちのニワトリたちが好きなんだろう。

畑の草むしりとか、家の周りの草むしりとか、道路の周りの草を刈ったり川の様子を見に行ったりしていたらもう週末である。いつになったらこの草むしり終わるんだってぐらい雑草が容赦ない。まさに自然との戦いだなと思った。（なんか違う）

会合はまたおっちゃんちだそうだ。今回はタマとユマがついてきてくれることになった。夕方家を出る。昼間いっぱい駆け回っていたから夜中に起きたりはしないだろう。もちろん今夜は泊まりだ。

「じゃあポチ、留守番頼んだぞー」

ポチがコッと返事をしてくれる。頼もしいと思った。

そういえばポチはタマみたいに夜更かしして遊びまわったりするのだろうか。

「ポチ、暗くなったら家の中に入るんだぞ？」

そっぽを向かれた。どういうことだコラ。

追及している時間もないので「あんまりハメ外すなよ」と言うに留まった。

出掛けにおなかの大きなマムシをポチが捕まえてくれたので、上の方を切った二リットルのペットボトルにどうにかおさめておっちゃんちに持って行った。そろそろ卵、というより子蛇が生まれそうである。マムシは卵胎生なのだ。正直あんまり見たくない。

「おー、昇平えらいぞ！」

「えらいのはポチですからね。って、今日は留守番ですけど」

　マムシを受け取ったおっちゃんは上機嫌だった。

　祭りの前の会合と言ってももう大体のことは決まっているので時間と場所、役割の確認をしたら後は飲むだけだ。今回は直接祭りの設営に関わる人だけしか来ていないので年寄りは少なかった。いくらそれほど暑くはないといっても夏である。あまり年寄りは酷使したくない。

　タマとユマは暗くなるぎりぎりまで田畑を駆け回っていた。

　今回は養鶏場の松山さんと解体を専門にやっている秋本さんも屋台を出すらしい。鶏、おいしいだろうなぁ。秋本さんは何を出すのか気になった。

「佐野君～、またそっちのニワトリたちがイノシシ狩ったりしてくれないかなぁ」

「こればっかりは遭遇するかどうかですからね」

「シカでもいいよ～」

「シカって今の時期捕ってもいいんですか？」

「君のところのニワトリたちが捕る分には問題ないよね～」

　まぁ確かに。

　ふと、最近山でよく見かけるものを思い出した。

「そういえば最近スズメバチを見かけますね」

「あー、スズメバチかぁ……。まだぎりぎりかな」

「そうだな。巣を探すなら今のうちだな」

秋本さんとおっちゃんが言う。詳しく聞くと、夏から秋にかけてスズメバチは狂暴になるらしい。まだ刺されてはいないが、うちのかわいいニワトリたちが刺されたらたいへんだ。

「どうやって巣を駆除したらいいですかね」

もちろんまずは探すところからだけど。

「まずは防護服だな。役場に行けば貸してくれるはずだ」

そう言ってからおっちゃんは考えるような顔をした。そして。

「……うーん、久しぶりに蜂の子が食いてえな。捕りに行くか！」

なんというアクティブさ。

俺は目を丸くすることしかできない。

「俺はやだよ～」

秋本さんが引いている。普通は嫌だろう。

「誰か蜂の巣捕りにいかねえか？」

さすがに村の人々は顔を背けた。うん、スズメバチの駆除をしたい人なんていないよね。

「昇平、誰か付き合ってくれる奴（やつ）いないのかよー」

「……俺そんなに知り合いいませんよ」

ダメ元で相川さんにＬＩＮＥを入れた。いくらなんでもこれは断られるだろうと思ったが、当てが外れた。どうやらテンさんが好きらしい。

「えええ……」

思わず声が出る。

蛇って虫食べるんだっけ？　ネズミとかじゃないの、ねえ。あー、でもアメリカザリガニ好きって言ってたし虫系もイケるのかな……。

おっちゃんが蜂の子食べたさにスズメバチの巣を捕りたがっていることを伝えたら、巣の半分でどうですか？　と提案されてしまった。何この人たち、ワイルドすぎてこわい。

「ニシ山の相川さんが参加されるそうです……」

「よっしゃ！」

「巣の半分はほしいそうです。大蛇が食べるらしくて……」

「ああ、うちはひとすくいもらえりゃ十分だ！　よーし、週明けに防護服借りてこようぜ！」

あああああ……。

「めちゃくちゃ怖いんですけど……」

「んな軟弱なこと言ってんな！」

「いえいえ、一歩間違えたら死にますからね？　アナフィラキシーやヴぁいですよ！」

「あー？　スズメバチなら今まで十回以上刺されてっけど大丈夫だぞ？」

「おっちゃんは例外なんだよ！」

よい子のみなさんは絶対真似(まね)しないでください。黒いものは身に着けないように。香水や匂(にお)いがきついものは避けよう。そしてもし巣を見つけたら駆除業者に頼みましょう！

「佐野君、がんばってね……」

松山さんと秋本さんに同情されてしまった。

やだーそんなドナドナみたいなのやだー。お金払うから業者さんカモーン。（本気で泣きそう）

おっちゃんに話した俺がバカだった。

止めてもらおうとおばさんにこっそり話したらため息をつかれた。

「昇ちゃん、本当にごめんね。でもああいう人だから……」

「止めないんですか……？」

「一度言い出したら聞かないのよ～」

それでいいのか。頼みの綱のおばさんにもそっと顔を背けられるとか！

「昇ちゃんこそ気をつけてね。山だから巣が一つってことはないと思うし……」

言われてみればそうだ。これは真面目に調査する必要があるかもしれない。マムシの大量発生が終わったと思ったらスズメバチって……どんだけ山は危険がいっぱいなんだろう。適切に駆除していればそういうこともないんだろうけどさ。

すっかり酔いが醒めてしまった。

土間でタマとユマが座っている。このもふっとした状態で寝るのだ。まだ二羽は起きていたらしく、俺の姿を見ると頭を上げた。

「ごはんちゃんと食べたかー？」

ユマとタマの羽を優しく撫でる。毎日手入れをしている羽はふかふかだ。そういえばうちのニワトリ、蜂の子って食べるのかな。下手したら成虫でも食べそうな気がする。でもさすがにぶんぶん飛んでる虫には無力だよなとかいろいろ思った。

酒の匂いはやっぱり好きではないらしく、タマにそっぽを向かれた。ごめん。


週が明けた。土日が夏祭りである。

その前におっちゃんがはりきって役場へ防護服を借りにいった。スズメバチの駆除を自力でとか、本当に勘弁してほしい。俺はげんなりした。

「調査も手伝いますから～」

そう言う相川さんも楽しそうだった。スズメバチの巣を探すのに、なんだかピクニックに行くぐらいの様相である。わくわくしているのがもろわかりだった。

「スズメバチは肉食ですから、豚か何かの肉を置いておびき寄せるのがいいかもしれません」

相川さんが当たり前のように言う。そして肉を持って帰るスズメバチを追って巣を見つけようというのだ。匂いにつられるとは聞くけど、本当なんだろうか。

「家の周りで何度か見たということであれば、近くに巣があるかもしれません」

「この間テンさんが来ましたけど、その時は見つけられなかったんですよね？」

「好きは好きみたいですが、そういうのを見つける能力があるかどうかは別ですしね」

確かに。イノシシの肉が好きだからってその人にイノシシの居場所がわかるわけではない。今回は調査ということで、スズメバチを見かけた辺りから範囲を広げて捜索することにした。作業着に軍手、首にタオル。頭にも白いタオルを巻く。そして長靴という重装備である。スズメバチは黒い

ものに攻撃をするらしいというから極力黒いものは身に着けないようにした。（だから髪を隠すのだ）

おっちゃんも入れて三人で肉を先っぽにつけた棒を持って移動する。なんともシュールな光景だった。一時間以上探し、一旦休憩していると、立てかけておいた棒の先にスズメバチが……。

出たあああ！

おののく俺に相川さんが口の前で人差し指を立てた。静かにしろということだろう。

スズメバチは肉を丸める作業をしているらしい。そうして巣に持ち帰って幼虫の餌にするようだ。しばらく待ってスズメバチが飛び立った。それを追っていくと、スズメバチが集まっている場所があった。どうも木のうろの中に巣を作っているらしい。位置を確認してから元いた場所へ戻り、棒の先につけておいた残りの肉を回収し、棒をその場に置いてからゆっくりと撤退した。気づかれるのはまずい。ちなみにユマも同行していたので今は手を出さないように言ってある。もし刺されたりしたらたいへんだからだ。

「意外と近くにいましたね」

「さすがに緊張するなー」

「手が汗でびしょびしょですよ……」

スズメバチとかスリルが半端ない。こんなに手汗をかいたのは久しぶりだった。

「多分あれ以外にも巣はありますよね」

「間違いなくな」

広い山の中だ。いくつ巣があるのかと思うと気が遠くなりそうだった。

当然のことながら、家の周りとか行動範囲外の巣はそのままにしておくつもりだ。徹底的に駆除する必要までは感じていない。

　巣の駆除自体は日が落ちてすぐに行った。本当は夜がいいが真っ暗だと何も見えないし、かといって昼間では働きバチが出かけているのでまとめての駆除が難しい。というわけで逢魔(おうま)が時を狙(ねら)った。巣から出てきたハチには殺虫剤で応戦し、となかなかにサバイバルだったと思う。防護服は実際暑かった。興奮も相まって中が汗でびしょびしょになった。防護服って洗えるのかな。一着ぐらい買っておいた方がいいかもしれない。

「今週一週間は様子を見て、それ以降も見かけるようならまた調査しよう」

「その方がいいですね」

「その上でこの辺まで来る危険性がなければ、十一月以降に改めて駆除しような」

「そうしましょう」

　今回はうちの近くで飛んでいたから駆除することにしたが、実際七月後半から九月終わりまではかなり危険なようだった。

「佐野さんやニワトリさんたちが刺されたらたいへんですしね」

　そう言ってくれる相川さんは優しい。でもそれならなおのこと業者に頼ませてほしかったとも思う。頑丈なビニールバッグに入れた蜂の巣がとても怖い。当然のことながらおっちゃんと相川さんは泊まっていった。さすがに今夜はビールも一缶でやめ、漬物と宮爆鶏丁(ゴンバオジーディン)、中華スープとごはんで勘弁してもらった。宮爆鶏丁は鶏肉(とりにく)とピーナッツを甘辛く炒(いた)めた料理である。ごはんのお供に最適だ。

「こりゃあうめえな！　うちでこんなん食ったことねえぞ！」

「母親が作っていたのを思い出しまして」

　母親が一時期料理サイトにはまっていた時に片っ端からいろんな料理を作ってくれたのだ。うちではこれが大好評だった。で、この間思い出したので料理サイトで探してみたのである。もちろん俺が作ったからいいかげんではある。

「ごはんがすすみますね〜」

　相川さんにも好評だった。よかったよかった。

　スズメバチの巣があったうろには、相川さんが持ってきた木酢液（もくさくえき）を撒（ま）いてくれた。

「定期的に散布すればまたここに巣を作られることはありません。戻りバチも避けられますよ」

「そうなんですか。ありがとうございます」

　よくわからないがスズメバチが忌避するのだという。ちなみに木酢液は炭焼きの際に作ろうと思えば作れるものらしい。おっちゃんと共に炭を作ったことがあったので、思わずおっちゃんを見てしまった。

「器材を用意すればできないことはないぞ。濾過（ろか）したりっつー手間はあるけどな〜」

「あー、そうですよねー」

　そう簡単に作れるなんて話はないだろう。そう考えると自力でいろいろやってる相川さんはすごいと思う。

「装置を作ってしまえばなんてことないですよ。それより一緒にできる木タールの処分が困りますね」

「使い方によってはいい土壌被覆材料になりそうだけどな」

相川さんとおっちゃんはそんな難しい話をしていた。俺にはさっぱりわからなかった。けっこう気が合うようで、よかったなと思った。

翌日、巣は相川さんが持ち帰った。蜂の子に関してはその更に翌日に相川さんがおっちゃんちに持って行ったらしい。

「昇平のおかげでスズメバチを駆除する仲間が増えたぞ！　ありがとなー」

とおっちゃんに感謝された。うん、喜んでくれたならよかった。頼むからもう俺を巻き込まないでください。ああでも夏祭りが終わったらまた調査するのか。必要なことだけど必要なことだけど……なんか釈然としない。

ちなみにまだたまにスズメバチは見かけるが、俺もニワトリたちも刺されてはいない。このままいなくなってくれるのを願うばかりである。

って、巣がなくなったスズメバチってどこに向かうんだろうな？

6　お祭りのお約束。でもそうはならない

そんなこんなで祭り当日である。ニワトリたちの朝食を用意し、明日の分の朝食は冷暗所に置いた。家の中はさすがに暑いのでエアコンフル稼働である。朝晩は涼しいけど日中は暑いのだ。ニワ

トリたちが熱中症になってはいけないので今日は一日つけていくことにする。

一晩ニワトリたちを置いて山を空けることを相川さんに話したら、「泊まりましょうか?」と心配されてしまった。残念ながらタマはリンさんたちが苦手なのでその申し出は受けられない。

「一羽より三羽の方が心配は少ないので大丈夫です」

そう言って丁重にお断りした。気遣ってもらえるのはありがたいと思った。

「明日の朝飯はここに置いてあるからな。あんまり夜遅くまで遊びまわるんじゃないぞ? 明日の夕方には帰ってくるからくれぐれも気を付けてくれよ。わかった?」

「ワカッター」

「ワカッター」

「ワカンナイー」

ん?

ユマさん、今わかんないって言いませんでしたか?

「……ユマ?」

ツーンとそっぽを向いている。全くもってうちのニワトリたちはかわいいな、オイ。

「イイ子にしてたらお土産持って帰るんだけどなー……」

ユマがえ? ホント? と言うように振り向いた。

「……ワカッター」

うん、なかなかに現金でよろしい。俺はにっこりした。

家の鍵はかけてない。よーしと指さし確認をして軽トラに乗った。

「じゃ、行ってくるなー」

「イテラー」

「バイバーイ」

「サノー、イテラシャーイ」

イテラーってポチ、うまく発音できないのかもしれないけどネットスラングじゃないんだから。なかなか個性豊かな送り出しをされた。

ユマは駐車場から山の道路に出るまで見送ってくれた。本当にかわいいニワトリだ。

助手席の座席はそろそろ外そう。ユマの特等席だし。すぐ横にユマがいないのがもうすでに寂しくて切なかった。

本格的に始まるのは夜だが設営は朝から始める。稲荷(いなり)神社にまずお参りをして屋台の位置を確認。テキヤさんたちが続々とやってきて設置を始めた。俺たちは汗だくになって提灯を下げたりのぼりを立てたりした。途中でおばさんたちがおにぎりを持ってきてくれた。こんな時シンプルな塩握りがものすごくうまい。下は高校生から上は七十代のじーさままで手分けして働いた。

そして夕方、浴衣(ゆかた)を着た子どもたちがちらほらとやってきた。俺もおっちゃんちで浴衣を借りて屋台の手伝いだ。焼きそばの屋台だから、ものすごく暑い。ペットボトルを何本も空け、ただひたすらに肉や野菜を焼く。汗が滝のように流れた。

「あっちー!」

「おー、お疲れ。そろそろ休憩したらどうだ。焼きそば持ってけよ〜」

「あ、おっちゃん。ありがとー」

さすがに何時間も続けてはやれない。一時間半ぐらいで一旦交替した。食べ終えたらまた焼きそばを焼くのだ。

目玉焼きが乗った焼きそばを二パックもらった。

「おっちゃん、俺いくらなんでも二つも食えないよ？」

「ばーか。お前の分だけじゃねーよ」

あっちを見ろ、と指をさされた方向を見ると、浴衣姿の桂木(かつらぎ)さんがいた。彼女はこちらに気づいたようでペコリと頭を下げた。

「……なんで」

「かあちゃんが呼んだんだ。ちょっとだけ付き合ってやってくれ」

ああ、と思う。おばさんが声をかけたなら桂木さんも逆らえなかっただろう。最近仲良くしていると聞いた。

「お疲れ様です」

近づくと桂木さんに声をかけられた。

「いや〜、暑くて……こんばんは。焼きそば食べる？」

「はい、いただきます」

ブルーシートが敷かれた辺りに腰掛けて、途中で買ってきたかき氷とペットボトルも一緒に焼きそばを食べた。やっぱ夏はかき氷だよな。

かき氷の上にかかっているシロップは、色が違うだけで全部同じ味だというのを聞いたことがある。そんなの嘘(うそ)だと思ったことを、なんとなく思い出した。

「花火も打ち上げるって聞いたんですけど」

「そういえばそんなこと言ってたね」

神社の境内は広いが、周りは木々が植わっていて鬱蒼としている。ここから見えるのかなと心配したが杞憂だった。ドーンと音がして上の方で花火がパッと開くのが見えた。なかなかに風情がある。

「今夜はタツキを置いてきたので山中のおばさんちに泊まるんです」

「そうなんだ？」

ドラゴンさんも留守番か。でもドラゴンさんなら一人でも大丈夫だろう。

「佐野さん」

「ん？」

「……佐野さんって、私にはその気、ないですよね？」

思わずまじまじと桂木さんの顔を見てしまった。これはどっちの意味にとればいいのだろうか。

確かにそんな気は全くないけど、どう答えたらいいのか悩む。

「……うん、ない」

結局わからなくてシンプルに答えた。

「ですよねー……」

なんかおばさんに焚きつけられたりしたんだろうか。

「私、多分男の人依存症なんですよ」

「…………」

いちいち返答に困る。

「タツキと一緒なら何もいらないって思うんですけど、無性に寂しくなる時があるんですよね」

「……それは誰にでもあるんじゃないかな」

「すっごい失礼ですけど、この際佐野さんを誘惑しちゃおうかなとかも思ったんです」

「ぶっ⁉」

可愛い顔してえげつないことを言われた。噴いたお茶を返せ。

「でも佐野さんてお兄ちゃんみたいだし、私には全くその気がないみたいなのでやめときます。だから、これからも仲良くしてください」

桂木さんは笑顔でなんのてらいもなく言った。

桂木さん自身誰でもよかったのかもしれない。

「……男ってバカだからさ、誘惑しないでくれればいいよ」

ヤれると思えば恋愛感情なんて二の次だし。でも桂木さんとそんなことをしたらこの関係は壊れてしまうと思うから。

桂木さんは困ったような顔をした。

「佐野さんって……ヘタレって言われません？」

前言撤回。この娘、ヤッちまうか。

「……親しき仲にも礼儀ありって言葉知ってる？」

にっこりと笑みを浮かべて言ってみた。きっと俺の目は笑ってない。

「ごめんなさい！」

桂木さんがすぐに謝ったからよしとしよう。つか村の人とそういう関係になるにはリスクが高すぎる。狭い村だからすぐに噂になるし。

ってそれを言ったらもうここで一緒にいる時点で噂になりそうだな。

「あー、ニワトリの兄ちゃんだー！」

俺はニワトリじゃないし、ニワトリは人間に化けない。

さっそく子どもたちに指をさされた。人を指さすんじゃありません。

「デート？　もしかして彼女？　ニワトリはー？」

好奇心は猫をも殺すということわざを知らないのか。桂木さんはあわあわしている。

「指ささない。隣山のお嬢さんだよ。知り合いなだけ。ニワトリは山」

そっけなく言って立ち上がった。

「なんだーニワトリいないのかー」

子どもたちは興味をなくしたようにすぐ駆けて行った。

「ごみ、捨てておくよ。そろそろ戻るから、楽しんでって」

「あ、はい。……ありがとうございました」

ひらひらと手を振り、食べ終えたごみをまとめて持っていく。別れる時の桂木さんの表情は見えなかった。もう明日には村中の噂になるんだろうか。基本山暮らしだからどうでもいいけど。

「もう戻ってきたのか」

「ええ、いただきましたから」

おっちゃんに苦笑された。屋台の数もそんなにないからちょっと冷やかしたらすぐに終わってしまう。客も少なくなってきていた。

「戻ってこなくてもよかったのになぁ」

「それ本気で言ってます？」

まぁ相手は大人だからどういうこともないだろう。八時過ぎには人の姿がなくなったので撤収することにした。

それにしても暑かった。徒歩でおっちゃんちに戻ると、おばさんに目を丸くされた。なんなんだいったい。

「あら、昇（しょう）ちゃん。もう帰ってきたの？」

「お客さんがいなくなったので片付けてきたんですよ」

「……そういうことじゃないんだけど……」

おばさんは微妙な顔をした。桂木さんとの仲を進展させてほしいって要望は聞けない。桂木さんは気丈に振舞っているが、過去のことを引きずっているはずだ。それを忘れる為（ため）に男が必要なのかもしれないが、俺ではその役目は担えない。

なんで男女がいたらすぐにそういう目で見られるんだろうな。男女の友情があっても然（しか）るべきだと思うのに、周りはそんな中途半端な状況を許してはくれない。

戻ってきたおっちゃんと酒を飲んで寝た。明日も夕方までは手伝いだ。

「……ユマが恋しい」

あの羽毛を抱きしめたら嫌なことなんてすぐに消えるのに。

朝からそんな、あほなことを呟いた。

呟いてから周りを見回したが誰もいなかったのでほっと息を吐いた。さすがに恥ずかしい。

朝食をいただいてから神社に向かう。主に昨日の片付けだ。祭りの会場もそうだが、神社の周りを歩いてごみなどを拾う。なんでごみ箱まで持って行けないんだろうな。こういうことをする奴がいるから山が汚れるのだ。

不法投棄は犯罪ですとかなんとかいう看板を立てたってごみを投げ捨てる人は後を絶たない。そういえば鳥居を立てるなんて話もあったな。さすがに鳥居のあるところには畏れを感じるらしくてごみは捨てられないとか。そうでもしないと捨てるってのがわからん。鳥居なんかなくたって日本の神様はそこかしこにいるのに。

ある程度整えたらお役御免だ。おっちゃんちに戻ってお昼ご飯をいただいた後は昼寝をさせてもらった。年によっては昼間の間に神輿を担いで練り歩いたりするらしい。担ぎ手がなかなかいないから今年はやらないと言っていた。

「担がねえか？」

「いやー、さすがに腰やっちゃいますよ～」

村のおじさんたちに言われたが断った。一度ぐらいはいいかもしれないが今回は遠慮した。

誰かがやるなんて言い出したら人を集めないといけないし。いやいや参加するなんて人が出たら可哀そうだ。神輿は軽いものじゃない。ぎっくり腰になんかなったら目も当てられない。ただ、これはあくまで俺の考えだ。やる気のある人が多いならやればいいし、参加者が多いけどちょっと足りない時に声をかけられれば参加すると思う。

そういえば昨日は全然屋台を見て回らなかった。桂木さんが来たことで全てすっとんでしまった。昨日は食べ物系の屋台の他に何があったのだろうか。

生き物の屋台ってあったのかな。

今日は設営だけ手伝ってから帰ることになっている。屋台を見て回ってから、というのもあまり気が進まない。それにまたカラーひよこが売っていたら買ってしまいそうで怖かった。

触らぬ神に祟りなし。（意味が違う）忘れたことにして帰ることにした。

浴衣はおばさんちで洗ってくれるらしい。恐縮すると、「昇ちゃんじゃうまく洗えないでしょ」と言われた。それは間違いない。息子さんがお盆の頃に帰ってくるそうだ。その頃には必ず顔を出すように言われた。

「お祭り、手伝ってくれてありがとうね」

「いえ、大したことはしていませんよ」

「やっぱり若い人がいるっていいわね」

それはおばさんの独白のようだったから特に反応はしなかった。

「お世話になりました」

帰りにまた野菜を沢山いただいてしまった。

「うちじゃ食べきれないから。ニワトリちゃんたちによろしくね」

「本当にいつもありがとうございます」

また何か手土産を考えなければと思う。そうしてやっと山に帰ったのだった。

7　祭りが終わったら次はお盆

山に戻ったらユマが玄関で待っていてくれた。……泥だらけで。

本当はすぐにでも抱きしめたかったが、さすがにその状態ではできないのででっかいタライを出して洗った。いったい何をしていたんだろう。ポチとタマの姿はない。相変わらずパワフルに山中を駆け回っているに違いなかった。

「ユマ、ただいま～」

「オカエリー」

思わず顔がほころんでしまう。ユマかわいい。

この時期は川の水が冷たくて、とても気持ちいい。澄んでいるように見えるが人はそのままでは飲めない。水道は川の水（一応湧き水が出ているところから）をそのまま引いているけど（途中に濾過装置はある）飲み水は浄水器で出して沸騰させる必要がある。すぐ飲む時用にはペットボトルをまとめて買っている。いろいろ面倒ではあるがさすがに慣れた。

ユマがキレイになったので、何度か身体をぶるぶるしてもらってからタオルで水気をとった。乾くまでは抱きしめるのもお預けだ。ユマが嫌がらない子でよかったなと思った。

太陽が西の空に沈んで、天から光が消えようとしている頃やっとポチとタマが帰ってきた。……泥だらけで。だからお前らはいったい何をしていたんだよ。

「ポチ、タマ、ただいま」

「オカエリー」

「オミヤゲー」

第一声がお土産(みやげ)って、タマ、お前って子は……。

二羽も素直に洗わせてくれた。キレイになったところで家に入れる。

日が落ちると途端に気温が下がるのも山ならではだ。

おっちゃんちからいただいてきた野菜を食べやすい大きさに切って出す。タマが首を上げた。

「オミヤゲー」

本当によく覚えてるなぁ。

野菜だけではダメらしい。

「ちょっと待ってろ」

冷蔵庫を漁(あさ)って俺が食べるつもりだった豚バラ肉を分けてあげたら満足したようだった。もちろん全員均等に。ニワトリって肉食だっけ？　なんて今更か。

今回のお祭りについて相川(あいかわ)さんはノータッチだった。猟師仲間がその手の当番になった時に手伝うことにしているらしい。確かにその方がいいと思う。こういった行事は基本ただ働きだ。時間がある人とか、やる気がある人ならいいけどそうでなければきつい。おばさんたちだってサポートに徹して食材とか料理とか準備してくれていた。

「手土産、どうしようかな」

おっちゃんというか、おばさんへのお礼を考えなければいけない。また相川さんに聞いてみよう。

俺はセンスがなくていけない。

当たり前のようにユマとお風呂に入る。改めて丁寧に洗い、羽をふかふかにする。本当にこの羽が気持ちいいのだ。

ユマに断って抱きつく。幸せだなぁと思う。

「ごめん、ユマ。しばらくこのままでいいか？」

「イイヨー」

ユマさん、優しい。惚れます。

土間が見えるところでやっているのでポチとタマの視線が冷たい。いいじゃないか、俺には癒しが必要なんだよぅ。一晩離れるとか俺にとってはやっぱりきついようだ。こんなんで実家に帰省とかできない。だってニワトリを連れて行くわけにいかないし。

「あー、じいちゃんの墓参りどうすっかなー……」

行くとしたらお盆前のこの時期か涼しくなってからだろうか。……涼しくなってからでいいか。十月ぐらいとか。

後回しにしている自覚はあるがまだ地元の人間と顔を合わせるのが怖いのだ。そう考えると昨年末からのことが怒涛のように思い出された。

あんなに早く婚約したのがまずかったのだろうか。

本当なら七月には結婚しているはずだった。いろいろなことがあったからすっかり忘れていたけど、とっくに結婚予定日を過ぎてしまった。恨みはある。まだ思い出すだに腹が立つ。式場のキャンセル料は発生しなかったけど、婚約をしていたことで多額の慰謝料をもらった。金をやるから黙ってくれという話なのだろう。あの様子だと彼女が留学してすぐぐらいにあちらの両親は相談を受けていたに違いない。それぐらい仕事が早かった。

状況なんて一瞬で変わる。帰ってこないと聞かされた時の、足元がなくなるような感覚は忘れられない。

もうここに来て五か月目だけど、時折思い出しては叫び出しそうになる。

傷つけた者はすぐに忘れるのに、傷つけられた者はいつまでもそれを引きずっている。なんて理不尽で不公平なんだろう。

だめだ、もう止めよう。考えてもしょうがないことだ。

手を伸ばしたら、ユマの羽に触れた。今日は布団の隣で丸くなっていてくれた。

「ユマ、ありがとうな……」

そういえばまだワクチンの飲水接種させてないな。また獣医さんに相談しなければ。

長生きしてほしいから、いろいろ考えないと。

そんなことを思いながら、俺はやっと安心して眠りについた。


翌朝の目覚めは思ったより遅い時間だった。

「ぐええっ⁉」

よっぽど俺が起きないと思ったのか、タマが胸の上に乗っかった。さすがにその大きさで胸の上に乗られたら死ぬっての。いくら鳥だって、それなりにでかいから重さはあるんだぞ。

タマは俺が起きたことを確認してトンッと下りると、怒られる前にツッタカターと逃げていった。

「タマあああ！」

どうにか時計を掴んで見たら、いつもの朝食の時間を大幅に過ぎていた。それは確かに悪いと思うが何も上に乗らなくてもいいと思うんだ。これはやっぱり毎朝一応目覚まし時計をかけた方がいいかもしれない。

「全く……」

ぶつぶつ言いながら軽く身支度を整えて居間へ向かう。今日は何もないんだからいいじゃないかよー。


ニワトリと俺の朝食の用意をした。

そういえば畑の確認をしなくては。

ポチとタマが朝食を食べ終えたのを確認して家の戸を開けたら、当たり前のようにツッタカターと出かけていった。あんなふうに食べてすぐ走って、よく具合が悪くならないなと感心してしまう。脇腹とかも痛くなったりしないんだろうか。って脇腹が痛くなるのは人間だけか？

今度覚えていたら調べてみよう。

ユマが一緒にいてくれるので、連れ立って畑に向かった。うちの主な作物はきゅうりと小松菜である。特にこの時期きゅうりは毎日これでもかと生るのだ。きゅうりがくっついてる部分をハサミで切り落とす。あまり大きく育ちすぎていなくてよかった。

ユマが興味深そうに畑の周りをうろうろしている。

もしかして、ユマの歯でこの茎みたいな部分って齧り取ったりできないものか？　と考えた。

「ユマ」

「ンー？」

首をコキャッと傾げて近づいてくるユマがかわいい。

「ここってさ、齧ってうまくきゅうりを採ることできるか？　そのまま落としていいから」

「ワカッター」

ユマは器用に頭を動かしてきゅうりがくっついている茎のような部分をガリッと齧った。ぽとん、ときゅうりが落ちる。

おお、と思った。

「ユマ、ありがとう。その調子で頼むよ」

十本ぐらい生っていたので、三本は収穫してもらった。ユマが収穫した分はまんまニワトリたちの分になる。

「ユマ、収穫上手だな。ありがとう」

「アリガトー？」

ユマがまたコキャッと首を傾げた。収穫も手伝ってくれるなんて、なんてかわいいニワトリなんだろうか。俺はデレデレしながら、

「ユマはかわいいなぁ」

と呟いた。

「カワイイー」

ユマはかわいいという意味を理解しているからか、嬉しそうに羽をバッサバッサと動かした。そ

んなところもかわいくて、もうかわいいが大渋滞である。

え？　語彙力がなさすぎるって？　ほっとけ。

きゅうりを籠に入れて家に戻ったら、相川さんからＬＩＮＥが入っていた。

「お祭りの手伝いお疲れさまでした。お盆はどうされますか？」

相変わらずまめだなと思いながら言葉の意図を考える。相川さんは山を買ってから一度も帰省していないと言っていたが、今年こそは帰省するつもりなのだろうか。

「ありがとうございます。お盆はこちらにいます」

「そうですか。こちらでのお盆の過ごし方はご存じですか？」

お盆の過ごし方？

首を傾げた。何か特別な習慣でもあるのだろうか。文字でのやりとりではもどかしかったので、俺は相川さんに電話をかけた。

相川さんはすぐ出てくれた。

「お盆って何か特別なことありましたっけ？」

「僕たちには直接関係はないんですけど、正直ゴールデンウィークよりもたいへんです」

ため息混じりにそう言われて、ああ、となんとなく予想がついた。

よくＴＶなどで見るあれである。帰省だ。ＧＷは帰省というより旅行がメインの人が多いので、全国的に人が動くといってもそれほど特色のない村ではあまり縁がない。だがお盆は帰省がメインの為、車の出入りも多くなるし知らない人が一時的に村内に増える。

「……一度ぐらい湯本さんちに顔を出すようには言われてるんですけど……」

「顔を出すのはかまいませんが、ニワトリは連れて行かない方がいいでしょうね」

「……確かに」

知らない人に見咎められて、勝手に写真を撮られてSNSなどに上げられてはたまらない。うちのニワトリは見世物ではない。

「じゃあ、基本はお盆前に買い出しをして山に籠った方がいいですかね」

「見回りもした方がいいです。山には所有者がいないと思っている人もいますので」

「そうかもしれませんね」

麓の柵のところには、「ここから先は私有地です」という看板があるがそれを無視する輩がいることも確かだ。ただ山を登るぐらいならいいが、火遊びなどされてはかなわない。山火事になったとしても逃げられるだけだ。

「不法投棄も増えるんですよ。ちょっとしたものがほとんどではありますけど」

そういうのなんとかならないのかなって本当に思う。防犯カメラを設置するったって金もかかるし。

「村の方々も、山には所有者がいるから近づかないようにってご家族には言ってくれているんですけどね……」

じゃあ山で悪さをするのは誰なんだろう。

「そうすると、不法投棄とかするのはどういう人たちなんでしょう?」

「まぁ、簡単に言ってしまえば村外の人ですね」

よくわからなかったが、悪いことを考える輩がいるということだろう。

「相川さんは毎年この時期どうしてるんですか？　不法投棄対策とか……」

「日が落ちてから明け方までが多いので主にテンに見回らせてますね。懐中電灯を顔の下辺りにつけさせて」

「……うわぁ……」

想像するだに怖い光景だ。普通の人が懐中電灯で顔を下から照らしているだけでもけっこう怖いのに、それを大蛇にさせるだと？

「テンさんは眩しくないんですか？」

「意外と周りが見やすくて楽しそうですよ」

ああ、本人も楽しんでいるわけか。

「効果あります？」

「そうですね。悲鳴はよく聞こえるそうです」

まぁ夜中に通りかかってテンさんを見るってことは、何かしようとしていたわけだから同情の余地はない。肝試しとかも同様だ。あれも意外と不法投棄が多いらしい。

「あとは山の周辺をできるだけ清潔に保つことぐらいですね。これが意外とたいへんなんですけど……」

「そうですよね……」

山の周囲はけっこう広いのだ。道に沿っている場所だけでも相当ある。

「でも、佐野さんちはニワトリがいますから、やり方によってはキレイに片付くんじゃないですか？」

「え？　そうですかね？」

ニワトリになんの関係があるんだろう。

「え？　だってニワトリが村の手伝いをしていたんでしょう？」

そこまで言われてやっとピンときた。

「子どもたちを、使うんですね……」

「もちろんニワトリの協力は欠かせませんけどね」

「そうですね。ありがとうございます！　また今度改めてお礼をさせてください」

「気にしなくていいですよ～」

さっそく俺はおっちゃんに連絡をとった。

「子どもたちに声をかけてニワトリと一緒にごみ拾い？　昇平、考えたなぁ」

「ヒントは相川さんからいただきましたけどね。朝方うちの前の通りを、ニシ山の麓付近からナル山の辺りまでニワトリと歩きながらごみ拾いをしてもらえたらどうかと思ったんです。終わった後はうちの山の麓辺りで遊んでくれてもいいですし」

「お前な、手柄は独り占めにしなきゃだめだろ。そりゃあ面白そうだ。子どもたちが喜ぶだろうから声かけてみるわ」

「お願いします」

BBQぐらい準備した方がいいだろうか。それなりに出費はあるだろうが、不法投棄のごみ処理費用を考えたら安いものだ。何よりみんなに楽しんでもらえる。

改めて相川さんに電話をして伝えると喜ばれた。

「みんなでＢＢＱもいいですね。お盆の間に三回ぐらいやるといいと思います。そういうことならテンには佐野さんの山の見回りもさせますよ。ＢＢＱの費用も出させてください」

「いえいえ、これは俺の発案ですから……」

「僕が出したいんです。出させてください」

相川さんは柔和な雰囲気だがなかなかに頑固だ。

「は、はい……」

桂木（かつらぎ）さんにも一応ＬＩＮＥを入れた。すぐに電話がかかってきた。

「なんですかその楽しそうなの！　私も参加させてくださいよ！」

「……帰省は？」

「できるわけないじゃないですか！　少なくとも一回は参加させてください！　あ、もちろんＢＢＱにかかる費用は出しますよ！」

なんでみんなそんなに気前がいいのか。桂木さんが参加するなら相川さんは別の日にしないとだな。ここらへんはまた話を詰めよう。お盆まであと一週間というところだ。また忙しくなりそうだった。


梅雨（つゆ）の時期にニワトリを貸し出していたせいか、話はスムーズだった。

今年は八月十五日が土曜日なのでその前の週から会社が休みになるところが多いらしい。八日の土曜日から十六日の日曜日まで、九日間がお盆休みと考えてもいいだろう。（会社によって休みの

期間は変わる）

ニワトリとごみ拾いをしようウォーク（そのまんまだな）は八日、十二日、十六日の朝方からに設定した。うちの山から二手に分かれて相川さんちのニシ山の端まで行って帰ってくる組、桂木さんのナル山の端まで行って帰ってくる組に分ける。ニワトリを貸し出した農家の子どもたちのほとんどが参加することになったのだ。子どもだけで総勢十五人。多いんだか少ないんだかはよくわからない。

「……多分十二日は増えるだろうな。スマホの持込はさせないようにしないと……」

おっちゃんと相談している時そんな話になった。おっちゃんもうちのニワトリの特異性は理解している。この村の人間はいいが、その家族とはいえよそから来る人には気を付けなければいけない。

「……それかいっそのこと、ニワトリの背中にファスナーでもつけますか？」

相川さんの提案にそれだ！　とサムズアップする。ファスナーだけだといじられる可能性があるので、ファスナーをつけた上に薄手の布で作ったポンチョのようなものを被（かぶ）せ、ファスナーの上の方だけが見えるようにするなどいろいろ考えてみた。そうすれば中に人が入っている着ぐるみのように見えるかもしれない。

「でもそのポンチョは？」

「……裁縫は？」

三人で顔を見合わせた。ところはおっちゃんちである。

「おばさーん……」

「裁縫？　布は古いのがいくらでもあるけど縫うのはねぇ……」

おばさんには断られた。裁縫系は苦手らしい。

提案はしてみたものの困った。そしてそんな時は、

「桂木さんて裁縫とか好きですか？」

桂木さんにLINEを入れたらポンチョを縫ってくれると言う。

「縫います縫います！　ミシンあるので余裕ですよ！　あ、でも上からすっぽり被せられた方がいいですよね。サイズ測りに行ってもいいですか？」

ということでうちの山に来てもらうことになった。布はおばさん提供である。いろいろ手伝ってもらって本当に申し訳ない。それと参加者には保険に加入してもらうことにした。一日だけのスポーツ・レジャー保険で一人当たり三百円というものがある。これだと一日三百円で三日参加すると九百円かかってしまうが、参加費として一日参加しても、三日参加しても三百円にした。それ以上の分は俺が出す形だ。

ＢＢＱ用の鶏肉（とりにく）は養鶏場の松山（まつやま）さんが手を挙げてくれた。もちろん実費相当額は払う。本当はおっちゃんと相川さんにも礼金を払わなければならないのだが、断られた。

「楽しいからいい」と。

ありがたいけど気前がよすぎだと思う。

桂木さんは別の日にドラゴンさんを連れて訪ねてくれた。

「こんにちは～」

「こんにちは、来てくれてありがとう」

「あ、ニワトリさんたち……ポチちゃん、ユマちゃん、タマちゃんでしたっけ？　タツキとお邪魔

します。こちらで虫とか獣とか狩ってもいいですか？」

ポチが代表して首を下げるように動かした。うん、桂木さんもいい子なんだよな。それにしても獣を狩るか……シカを食べていたと聞いたような気がする。さすがドラゴンさん、ちょっと怖い。

ドラゴンさんはのっそりのっそりと動く。すぐにうちのニワトリたちとなにやら分かり合ったようだった。ドラゴンさんは家から離れたところにある木陰に落ち着いた。タマが近寄ってつついている。身体（からだ）についた虫などをとっているのだろう。

「ええと、首回りとかさっそく測らせてもらいたいんですが……」

「じゃあ土間でいいかな」

玄関を開け放って一羽一羽寸法を測ってもらった。ファスナーはダミーとして、子ども一人ぐらいならかろうじて入れそうな大きさのものを用意してもらった。それが首の後ろから覗（のぞ）くようにしてポンチョを作ってもらうことになった。上から被せる形にはしないことにしたからポンチョというよりもケープに近いかな。

「明日にはでき上がると思うので、湯本さんちにお届けすればいいですか？」

「そうだね。そうしてもらえると助かるかな」

村の子どもたちは問題ないだろうが、村外から参加したいという人が現れた時が厄介だ。こんなカモフラージュをしなければいけないことが面倒だったがしかたなかった。平穏に暮らしていく為には、それぐらいの手間はかけるべきだ。って俺はほとんどなんもしてないけど。

「男の料理で悪いけど……」

「いえいえ、すごいと思います！」

うちの縁側の向こうはしっかり刈り込みをしていないので、土間から続く居間で昼食を出した。

みそ汁に炊き込みごはん。（なめ茸とツナの炊き込みごはんは入れて炊くだけなので簡単でいい）漬物とサラダ、肉野菜炒めというなんの変哲もないメニューだ。一人だと肉を焼いてあとは漬物とごはんなんて食事になる。ニワトリが野菜をけっこう食べてくれるので、生で食べられる野菜は適当に切って摘まんでいたりはする。基本山暮らしは肉体労働なので漬物がやたらとおいしく感じられるのだ。

「はー、料理ができる男性っていいですよね……」

しみじみ言うのはやめてほしい。

「俺なんかできるうちに入らないよ」

「いえいえ、みそ汁を作れる男性ってポイント高いです！」

だしを入れて最後にみそを溶かすだけじゃないか。みそ溶かし用のざるがなかったら絶対やってないけど。あのざるを考えた人は天才だと思う。

味付け、みそだけだし。

「何入れるかとか考えてスープ作るよりは簡単だと思うけど……」

「佐野さんのスペックが何気に高くてくやしいです……」

「はい？」

相川さんは料理スキルでもなんでも持っていると思うが、あえてそこには触れなかった。桂木さんに相川さんちのごはん！　なんて食いつかれたら恨まれかねない。相川さんから桂木さんにモーションかけるならいいと思うけど。モーションかけるって言い方もう古いのかな。

桂木さんはのんびり過ごして帰って行った。

「サワ山もいいですね。また遊びにきてもいいですか？」

「次はお弁当持ってきてね」

「えー、冷たーい！　佐野さん私への扱いひどくないですか⁉」

「そんなことないよ」

誰にもあまり足を踏み入れてほしくないのは確かだ。桂木さんが帰った後、この家に住んでいた元庄屋さんから連絡があった。できれば九日頃元集落の人たちと共に墓参りに来たいという。

「八日は用があるので対応できませんが、九日であれば大丈夫です」

「八日はごみ拾いをするんだろう？　聞いているよ」

「ええまあ……」

そんなところまで連絡がいっているのかと思った。そして着々と準備は整い、お盆休みの前日になった。

8　ニワトリと一緒にごみ拾いウォークをしませんか？

何日か前からテンさんとリンさん、そしてドラゴンさんが山の麓の辺りを重点的に見回っているらしい。うちのニワトリも……と言ったら「当日は出動させませんから！」と相川さん、桂木さんに断られてしまった。山暮らしは不法投棄とも戦わなければいけないらしい。世知辛い世の中である。

「今のところ目立った車は入ってきていませんね。監視態勢は増やしますけど」

相川さんから報告があった。桂木さんの方も異常なしらしい。

「そうなんですね。ありがとうございます」

うちの山との境まで足を延ばして見てくれているらしい。ありがたいことである。

ごみ拾いは朝早い時間からにした。うちの麓に集合して、まず参加者にパンと牛乳を出す。やっぱりエネルギーが足りないと動けないからな。時間に間に合うように慌てて出てきた子もいるので、何も食べていないなんて子がいたのだ。朝早くてごめん。

「ごみ拾いウォークに参加していただきありがとうございます。先に注意事項を確認してくださいねー」

大人たちには事前に紙を用意した。これも文言を考えて桂木さんに用意してもらった。

「携帯電話、スマホの電源は切っておいてください。ごみ拾い中は危ないので出さないように。歩きスマホは危険です。川沿いの道を進みますから落としたらたいへんです。川に落としたら拾えません」

これは口を酸っぱくして告げた。

「それから、勝手に写真は撮らないようにしてください。気軽にSNS等にアップした場合お住まいの地域などが特定されてしまうことがあるので危険です。ネットリテラシーって言葉知ってる人ー？」

はーい、と何人かの子どもが手を挙げた。

「学校で学んだかな？　それじゃ写真をインターネットに流す危険性なんかも知ってるよね？」

はーい、と素直な返事があった。今は学校で教えているらしい。ありがたいことである。そういうのは大事だからしっかり学んでほしい。

そして付き添いの大人も含めて出発した。初日、俺は相川さんの山の方へ向かう組に入った。こちらはユマが一緒である。子ども七人におっちゃん、相川さんの他三人大人が付いた。全部で十三人＋一羽だ。意外と大人数である。川沿いの道は狭いので一列に並び、相川さんとユマを先頭にしてごみ拾いを始めた。こんな細い道通る車なんているんだろうかと思うのに、けっこう煙草（たばこ）の吸殻が落ちていたりする。後は風などで飛んできたレジ袋などの軽いプラスチック製品とか。途中ごみ拾いをしていたらこんな時間なのにトラックが通った。

「おっちゃん、あれ、もしかして……」

「その可能性はあるな」

付き添いをしない大人たちには等間隔に立ってもらっているから何かあれば連絡がくるだろう。不法投棄は基本現行犯逮捕である。ここでごみ拾いイベントをしていることは駐在さんにも連絡してあるので、近くにはいてくれているようだった。

ごみ拾いをしながら相川さんの山の麓まで歩く。辺りがだいぶ明るくなってきた。

「水分補給はこまめにしてくださいー。これから暑くなりますよー」

日陰で少し休み、ユマにも水分補給をさせる。ペットボトルにストローをつけたものを咥（くわ）えさせてやるとけっこううまく飲むのだ。

「ユマちゃんの中、本当に人がいるみたいー」

子どもたちが笑う。

「こらこら、そういうこと言わないよ。今日は知ってる人たちだけだからいいけどね」

「はーい」

少し休んで元来た道を戻り、うちの山の麓に着く。車で行けばたいした距離ではないが歩くとけっこうきつかった。ごみ拾いをしていたということもあるが、往復で正味二時間以上かかった。少し時間を置いて、桂木さんの山の方へ行った組も戻ってきた。

「あつーい！」

「おなかすいたー」

子どもたちが草の上に倒れる。せめてビニールシートの上にしてくれと思ったが、子どもたちにはそんなこと関係ないんだろうな。気持ちいいーと言いながら草の上でごろごろしている。適度に刈っておいてよかった。

「ユマちゃんのケープかわいいー」

「タマちゃんのいーなー」

女の子たちはユマとタマのところに集まっている。女子は女子同士が楽しいらしい。ユマもタマも心持ち嬉（うれ）しそうだ。女の子たちの服を軽くつついて「ありがとー」と言われている。虫とか取ってあげたんだろうな。女の子たちは楽しそうにきゃあきゃあ言っていた。

更に女の子たちは自分が持っていたパーカーなどをタマとユマに着せ掛けたりもしていた。ニワトリに何か着せてみるというのはわからなかったが、その度に「かわいいー」という声が上がったりもした。うん、女の子はわからん。

「今日は参加していただいてありがとうございます」

付き添ってくれた大人たちに声をかける。

「いやいや、意外とごみが落ちてるんだなと知れて勉強になりました」

「怪しいトラックが行きつ戻りつしてましたね。明るくなってからは見ませんでした」

「困ったものですね……」

ごみ処理費用ぐらい出してほしいものだ。買ったものの責任は最後まで持つべきではないんだろうか。

「子どもでなくても参加してかまいませんか？」

「それはいいですけど……ただニワトリと一緒にごみ拾いをするだけですよ」

「普段そんな機会もないんで、村の人たちと交流できたらいいかなとも思うんですよね」

男女、というわけではないがまず人と知り合う機会がないのは確かかもしれない。大人たちでBBQの準備をして野菜、鶏肉(とりにく)、豚肉などを焼いていく。ニワトリたちには野菜と豚肉だ。さすがに鶏肉はあげたくない。

おにぎりなども有志で用意してくれてありがたかった。

「参加していただいてありがとうございます。あの……負担にならないようにしてください」

「いえいえ～、意外とこんな機会ありませんから子どもたちにもいい環境教育になったと思います」

奥さん方にも好評だったようだ。

いい運動になったのか、みんなもりもり食べた。次はもっと多めに食材を用意しなければいけないかもしれない。おなかいっぱいにはなったようだが、用意した食材は食べつくされてしまったのである。ちょっと冷汗をかいた。

「楽しかったー。また参加していーい？」

「うん、次は十二日と十六日だから都合に合わせて参加してね」

子どもたちは目をきらきらさせて親にねだっていた。

「次回、次々回の参加については、わかっている方は早めに教えてください。申し込み期限は前日の昼の十二時までです。保険に入る都合上ご理解ください」

「はーい」

うん、大人も子どももみんな素直でよろしい。

片付けまでみなで終えてから、おのおの楽しそうに帰って行った。どうにか済んでよかったと思う。

うちの麓の柵の内側はけっこう広く、踊り場のようになっている。柵の外側に車を停めてもらい、BBQは内側でやってもらっていた。一応食べたごみはビニール袋の中に入れるよう言ったが落ちているものがあるかもしれない。相川さん、おっちゃんと三人で辺りを見回し、拾ったごみも含めたごみ袋は外から見えない位置に運んだ。帰りにおっちゃんが持って行ってくれることになっている。

さて、一通り済んだ後はおっちゃん、相川さん、ニワトリたちと一緒に反省会である。

「今日もありがとうございました。うちに移動しましょう」

二人を促した。ニワトリたちに「うちへ帰るぞー」と声をかけたら三羽は軽トラに乗らずツッタカターと走って行った。

「えぇえ……」

確かに一緒に歩いただけだから運動不足かもしれないけどさぁ。山を下るならともかく走って登っていくとかどうなんだ？

「おー、ニワトリすげえなー」

「絶対かないませんね」

おっちゃんと相川さんがのんきに言う。ポンチョとファスナー、先に回収しといてよかった。あのスピードで走られたら壊れそうだ。

気を取り直して各自軽トラに乗ってうちに向かった。BBQ用の道具はうちで保管しておくことになっている。これらはおっちゃんちから借りた。本当にみなさんには頭が上がらない。

「酒はー……」

「飲んじゃだめですよ。出しませんよ」

「山道ですから、さすがに危険ですよ」

おっちゃんが手をクイッと動かしたが断った。ガードレールがないところもあるのだ。飲酒して運転なんかしたら死んでしまう。相川さんもフォローしてくれた。

「イマイチ調子が出ねえな。ま、しょーがねーか」

サイダーとかコーラなら残りがある。参加者の親御さんたちが気を利かせて飲み物を持ってきてくれたのだ。

「お茶飲みます？」

「ファ〇タでいい」

漬物と煎餅をお茶請けに反省会をすることになった。え？　ニワトリ？　ユマは側にいるけどポチとタマは早々に山の奥へ消えたよ。薄情な奴らめ。

俺と相川さんはコーヒー。おっちゃんはファ〇タで乾杯した。

「しまらねえな」

「まだ初日ですし。そういえば息子さんたちはいついらっしゃるんですか？」

「十日から十四日までいるとは言ってたな。孫がいるから参加したがるかもしれん。十一日の昼までに言えばいいか」

「はい。十一日の午後に保険の申し込みに行くので。生年月日と本名を教えてくださいね」

「今はコンビニとかでできるんだってな」

「ええ、便利ですよ」

ごみ拾いウォークをやるにあたっていろいろ調べた。個人だとスポーツ・レジャー保険は五百円ぐらいかかるが、団体だと一人三百円で加入できるとか、会社によっては七十歳以上は入れないとかいろいろあった。

「十二日の参加者は今のところ何人ぐらいだ？」

「子どもだけで十人ですね。他の家族が帰省してくるかもしれないのでわかり次第連絡するなんて家もありました」

「やっぱ十二日は増えそうだな」

「そうですね」

「十二日は桂木さんも参加されると言ってましたので、俺は桂木さんのルートに行きます」

「わかった」

「……わかりました」

相川さんが休むという選択肢はないようだ。

「食材、もっと用意しないとまずいですね」

「そうだな。余る分にはいいんだ。持ち帰ればいいんだからな」

「はい」

野菜はおっちゃんちと桂木さんちから提供される分、そして他の農家さんたちからも声をかけてくれと言われている。問題は肉だ。

「豚肉の確保が急務ですね」

「鶏肉は養鶏場から買ってますもんね」

「昇平、お前んとこのニワトリはイノシシ狩らねえのか」

「この間よそで狩りましたよ。さすがにそんなに頻繁には狩れないんじゃないですか？」

肉が足りないから山で狩ってくるってなんてワイルド。

「……うちのではうまく捕まえられませんしね……」

相川さんが考えるような顔で言う。大蛇ってあれでしょ。獲物にぐるぐる巻きついて全身の骨を折るっていう……想像しただけでめっちゃ怖い。

だからアンタたち俺を見るな。ユマもなんで俺を見てるんだよー。狩りの許可なんて出さないぞ。

「……野生動物は時の運ですよ……」

「だよなぁ……町へ行って買い込みするにしたって迷惑だな」

「町ならいいんじゃないですか。早めに買って冷凍しておく必要はありますけど……。明日にでも行って……ってああー！」

「佐野（さの）さん、どうしました？」

「明日は元庄屋（しょうや）さんたちが墓参りにくるんです」

「じゃあこっちでなんとかするか」

「そうしましょう」

もー俺はどんだけおんぶにだっこなんだよー。

「十日なら行けます……」

「じゃあ明日はS町に行って、数が確保できなかったら昇平は明後日（あさって）N町に行ってくれ」

「りょーかいです」

そんなこと言って、絶対明日二人で確保するに違いない。おっちゃんはどこにでもいる村のおっちゃんという風体だけど、相川さんと同じくハイスペックなのだ。やっぱベテラン、ってことなんだろうなと思う。言い出しっぺなのに役立たずな自分がつらい。

ちゃぶ台に額をコツン、と落とす。

「……佐野さんのアイデア、すごくよかったと思いますよ。まず参加者にパンと牛乳なんて僕には思いつきませんでした」

「あれは盲点だったな」

おっちゃんがうんうんと頷（うなず）く。

「……小学生の時、ラジオ体操ってあったじゃないですか」

「ああ、あるな」

「ありますね」

「朝早くから公園に集まってやるから、朝食食べないで来て貧血で倒れる子とかいたんですよ。すぐ横でバタッと倒れられたの、すっごく怖かったです……」

あれ、後からなんで倒れたのか聞いたら朝飯食ってなかったって言ってたんだよな。それでラジオ体操とか不健康極まりない。

「そっか。そういう経験、大事だな」

「そうですね」

朝食は大事。少なくとも何か口に入れないとと思う。それこそチョコレート一片でもいいから。

今回の反省点を踏まえ、十二日はもっとスムーズに行えたらいいなと思った。

9　お盆の時期のわちゃわちゃと第二回ごみ拾いウォーク

翌日の九日はこの山に住んでいた元庄屋さんたちが来る日である。

麓(ふもと)の村で暮らす元庄屋さんは、山倉(やまくら)さんといった。おっちゃんちの東の方角に住まわれている。

今回は山の上のご先祖様の墓参りということで、山倉さんも含めて五人いらっしゃることになった。

山倉さんとその息子さん、集落に住まわれていたご夫婦と、もう一方（ひとかた）である。家族単位で言えば三組だ。

　事前に墓の周りの雑草などは抜いたし、危険な生き物がいないかどうかニワトリたちにしっかり見てもらった。墓参りでマムシに噛（か）まれたなんてことになったらたいへんだし。午前中のうちに今から出ると電話をもらったので、麓の柵の鍵（かぎ）を開けに行った。墓の方へ直接行ってから帰りに寄ってくれるらしい。正直な話寄ってくれなくてもかまわないのだがそういうわけにもいかないのだろう。

「昼食はどうされますか？」

　と聞いたら用意してくるという。ああはい、うちで食べるんですね。承知しました。畑できゅうりを採る。まだまだ採れるけど、ちょっとタイミングを逃すとお化けのように大きく育ってしまうのでけっこうたいへんだ。種もでかくなるから食感がよろしくない。まぁそういうのはニワトリたちのごはんになるからいいんだけどな。

　山倉さんはうちのニワトリについては一応知っている。ご夫婦も村に住んでいるので話ぐらいは聞いているはずだ。もう一方はどうかというと、この山から町に引っ越した方のお子さんらしい。一応山倉さんにはうちのニワトリについて伝えておいてもらえるように言っておいた。なんの事前情報もなしに見たらさすがに驚くと思うので。

　あとは長年手入れをされていなかった廃屋についても話してもらってある。本人たちが手放してそのままだからどうなっていてもしかたないという思いはあるだろうが、状態は先に話しておいた方がショックが少ないと思ったのだ。集落にいたご夫婦に関してはこの山を出てすでに五年以上経（た）

っているという。もう一方は小さい頃にこの山に住んでいたようだ。

「なんかー……あんまり細かく聞かなかったからアレだけど……緊張するなー」

来るなら早く来いと思った。生殺しが一番つらい。（意味が違う）

今日もポチとタマは山の中のパトロールに向かった。いつも夕方まで帰ってこないが、本当に何をしているんだろーか。

客が来るからいないならいないでいいんだけど。

「墓の周りとか掃除はしといたけどなぁ……」

墓自体は今回遠慮した。また後日見に行って、もし汚れていたら掃除すればいいと思う。山倉さんから連絡があってから二時間近く経ったところで軽トラが二台停まった。ユマと出迎えに行く。

「山倉さん、お疲れ様です」

「佐野君、今日はどうもありがとう。少しお邪魔してもいいかな」

「はい、どうぞ」

一番歳をとってそうなお爺さんが山倉さんだった。四十代ぐらいのおじさんも降りてきた。

「初めまして、山倉の息子です。お世話になっています」

「初めまして、佐野です。どうぞこちらへ」

墓の手入れのことを言われているのだろうが、別に毎日行っているわけでもない。この集落に住んでいたご夫婦はある家屋の前で立ち止まっていた。それがご夫婦の家だったのだろう。

「初めまして、今回はありがとうございます」

一番若い青年が最後の一人だった。とはいっても俺よりは年上のようだった。

「そちらが例のニワトリかい？　本当にでっかいねえ」

「ええ、とても助けになっています」

家に促して、土間から続く居間に上がってもらった。お茶とお茶請けの煎餅や漬物を出す。朝採ったきゅうりもスティック状にして出した。

「すみません、なんのおもてなしもできませんで」

「いやいや、こちらがお願いして来させてもらっているんだから気にしないでくれ。むしろ図々しいと思われてもしかたないよ」

「そんな……」

山倉さん親子は何度も俺に頭を下げた。こちらもそれに返すからなんだかお互い頭の下げ合いになって、ご夫婦の奥さんの方に笑われてしまった。

「佐野さん、山暮らしってたいへんじゃなくて？」

奥さんに聞かれたので素直に答えた。

「たいへんはたいへんです」

「そうよね。子どもたちも住んでくれなかったから手放しちゃったけど、時々墓参りに来ることは許してね」

「それはもちろんです。できれば前日までに予定は教えていただけると助かります」

「ありがとうね」

「この家もキレイに使ってくれているようでよかったよ。佐野君、本当にありがとう」

山倉さんにまた礼を言われてしまった。

「いえいえ、あの……僕は家があって、助かったので……」

「まぁなぁ……一から建てるのはたいへんだからなぁ」

ご夫婦の旦那さんの方が言う。

「佐野さん、山暮らしの魅力って何ですか？」

青年に聞かれた。

「魅力、ですか？」

なんだろう。元々俗世にあまり関わりたくなくて山を買ったのだ。魅力ねえ、魅力……なんだろう。

「そう、ですね……自然を感じながら、静かに生きていけるかんじですかね……」

我ながら何を言っているんだかわからない。俺はニワトリたちがいるから楽しく生きているのだと思っている。

「隠居してるかんじですか？」

「……そうかもしれません」

「まだ若いのに」

「そうですね」

俺は苦笑した。うまく説明ができない。

「お墓の手入れなどしていただいて本当にありがとうございます。また墓参りにお邪魔してもいいでしょうか」

「はい、事前に連絡をもらえれば」

青年にも改めてお礼を言われた。

この三組はまた墓参りに来るらしい。奥さんが握ってきたおにぎりをおすそ分けしてもらった。とてもおいしかった。なんで女性が握ったおにぎりってあんなうまいんだろうな。それともただの気のせいなんだろーか。

ユマを見てみなさん驚いた顔はしていたが特に言及はされなかった。この集落が辿(たど)ってきた歴史などを大まかに教えてもらったりする。山倉さんの五世代ぐらい前からこの山の上で暮らすことになったらしい。山倉さんの五世代前っていうと明治維新の頃か、江戸時代末期だろうか。今から考えるとかなり前である。

彼らはそうして夕方前に帰って行った。


ポチとタマは西の空の赤みが消えてきた頃に帰ってきた。どこを走り回っていたのか草まみれである。

「元気だなー」

と言いながらタライを出して二羽を洗った。

「山の魅力ねぇ……お前らとこんな風に、のんびり楽しく暮らせることかなぁ……」

うちのニワトリたちの体力を考えたらやっぱり山がいい。運動不足で夜中に鳴かれるのはもう勘弁だ。

「ユマも俺にかまわず遊んできていいんだぞー」

っての。

何故(なぜ)かタマに冷たい目で見られた。ユマにもツンとそっぽを向かれてしまう。だからなんなんだ

十日は日が出る前から山の麓の見回りをした。相川(あいかわ)さんの山からリンさんとテンさんが見回りに来てくれることはわかっていたが、さすがにおんぶにだっこはまずいと思うのだ。桂木(かつらぎ)さんからもドラゴンさんが見回りを強化していると伝えられてはいる。うちの方も外側から少し見てくれているようだ。ありがたいことである。

「十二日は参加しますよー」

「うん、よろしく」

桂木さんとLINEでそんなやりとりをして、山の上の墓を見に行った。ごみなどは山倉さんが持って帰ってくれたらしい。墓の周りだけではなく、できるだけ雑草を刈って行ってくれたようだった。墓に供えられた線香の灰を片付け、俺も線香をお供えした。(帰る時に片付けて行く。火を点(つ)けっぱなしで置いていくのは怖い)

「迎え火っていつだったっけ……」

俺には縁がないけど。

一緒についてきてくれたタマが草をつついている。よくわからないがいろいろなところに虫がいるのだろう。秋までは外に放しておけば勝手にごはんを食べてくれるが、冬になったらどうすればいいだろうか。ああ、だから年末に鶏(とり)を潰(つぶ)すのか。うちでそうしようとしたら間違いなく返り討ち

にされるな。いや、潰す予定は全くないけどさ。

用意する肉の量が不安だからと、相川さんとN町に買い出しに行くことにした。実際はしっかり買い集めてそうだけど、俺にも仕事をくれたのだろう。使わなければ家で食べればいいし、なんなら十六日にまわしてもいいのだ。多く確保しておくに越したことはない。

こんなことなら通販で大量に仕入れておけばよかったなと反省する。もし来年も開催することになったら検討しよう。

相川さんの軽トラの助手席にはリンさん。俺もいいかげん軽トラの助手席の座席を外した。当たり前のようにユマがもふっと収まる。座席がなくなったことで座りやすくなったようだ。(下の機械とかに影響がないようにと長座布団は敷いた)もっと早く外せばよかった。

「ショッピングモールというほどではないですが大型スーパーがあるのでそちらへ行きましょう」

相川さんの軽トラについていく。今日もいい天気だった。

N町に着いて軽トラを下りる。空気がむわっとしていた。村よりも二度ぐらい暑いんじゃないだろうか。エアコンはつけたままで窓を少し開けてリンさんとユマが困らないようにした。ペットボトルホルダーのペットボトルにはちゃんとストローもさしてある。それらを確認して、

「じゃあ買物してくる。できるだけ早く戻ってくるからなー」

と言い置いて相川さんとスーパーに入った。

「この暑さ、リンさん平気なんですか?」

「帰ったら川で水浴びですね。一応飲み物は置いてきたので飲んではくれるでしょうが、町は暑いです」

やっぱり村とは気温が違うようだ。

「緑ってやっぱり周りの温度調節にも欠かせないんですね」

「それ用に虫がつきにくいグリーンカーテンなどを窓の前に設置している家もありますね」

「あれってなんの植物なんです?」

「ゴーヤが多いとは聞いていますよ」

そんなことを話しながら大量に豚肉を購入した。こんなに豚肉を買うと羊肉も買ってジンギスカンをしたいと思ってしまう。この辺りじゃあんまり手に入らないけど。お昼用にお弁当とか適当に買って駐車場に戻った。(大型スーパーはいつも使っている駐車場からけっこう遠かった)

「ユマ、お待たせ~」

茹でた枝豆などを出す。一応塩も何もつけていない小さめのおむすびを作ってきていたのでユマにあげた。(注:普通のニワトリに炊いた米等はあまりあげないようにしてください。病気になる可能性があります)動物性たんぱく質が足りないな。帰ったら肉をあげることにしよう。リンさんは完全に肉食のようで何も食べなかった。

「そういえば、以前桂木さんに、相川さんと出かけて何してるんだって聞かれましたよ」

「……そうですか」

相川さんはなんともいえない顔をした。

「各自買物して駐車場でお弁当を食べて帰るって言ったら、一緒に行く意味あるのかってツッコまれました」

「ははは」

ユマとリンさんが必ず一緒だから外食するわけにはいかないし、男二人で外食してもなぁってのもある。好きなもの買ってきて食べればいいじゃないかと思ってしまうのだ。

「目的が買い出しですしね。女性が一緒ならランチをどこかの店でとは思いますが、リンとユマさんもいますし」

「ですよね。そういえば昨日はどうしたんですか？」

「さすがにリンは連れて行きませんでしたが、今日みたいに適当に買って駐車場で食べて帰りましたよ」

おっちゃんと二人でもそんなかんじなら別におかしいことなんてない。ああでも、男同士は楽だななんて思ってしまうとどんどん女性と縁がなくなるような気がしないでもない。

……どちらにせよしばらくはいらないが。

「佐野さんは、桂木さんとは出かけないいんですか？」

「あー……なんかＳ町にショッピングモールができたとかで誘われましたけど、女性の買物に付き合うのはつらいので断りました」

相川さんがククッと笑う。どこかに笑う要素があっただろうか。首を傾げた。

「ああ、すみません。佐野さんて面白いなぁ……」

「？　面白くないですよ？」

「十六日が無事終わったら、湯本さんも含めて飲みましょうね」

「？　ええ、いいですね～」

まずは多分一番参加者が多いだろう十二日だ。

明日はおっちゃんちに顔を出してから保険の申し込みに行かないとななんて、この時はのんきに考えていた。

朝の時点で十二日の申し込みは子どもだけで十六人だった。八日に参加した子もいるし、もちろんそうではない子もいる。

名前と生年月日だけだと、どの子がどの子なのかさっぱりわからない。

今日も朝早く起きて見回りをした。なんか怪しい軽トラがのろのろと走っているのを見かけたが、そちらの方へ向かうとスピードを上げて去って行った。誰も見ていないと思って、本当に困ったものである。何度も言うが自分とこのごみぐらい処理費用を出せってての。

今日はおっちゃんちの家族との顔見せも兼ねているので、三羽とも乗せておっちゃんちに向かった。手土産はいつも通り煎餅である。全く代わり映えがなくて申し訳ない。

軽トラを停めると、子どもたちが遊んでいるのが見えた。うーん、ニワトリどうしようかな。

「お客さんですか？」

利発そうな子が警戒しながらも声をかけてきた。

「うん、湯本のおっちゃんに来るように言われた佐野です。こんにちは」

「……こんにちは。おっちゃんて、祖父のことでしょうか」

「そうなのかな？　おっちゃんのお孫さん？　昇平が来たよって伝えてくれる？」

「はい」

その子が一番年上らしく、他の子たちにその場で待っているように言って家の中に声をかけた。俺から目を離さないのが頼もしい。

おばさんが出てきてくれた。

「あらあら昇ちゃんありがとうね。入って入って。ニワトリちゃんたちは……」

「先に紹介した方がいいですよね？」

「そうね、さすがにびっくりするわよね。雄二〜光一〜、あけちゃん、ふみちゃんもちょっと来て〜」

おばさんが家の中へ大声で呼びかけた。その間に俺はニワトリたちを下ろす。子どもたちが目を見開いて三羽を凝視した。まぁさすがに驚くわな。

「おふくろ〜なんだよいった、い……」

「なんかあった、の、か……？」

「お義母さんどうかされ……ま……」

「どうか……って、えええ⁉」

息子さんが二人いるとは聞いていた。後から来た女性たちはその奥さんたちだろう。で、お孫さんが総勢六人。なかなかに大家族だなと思った。

おばさんはふふん、と得意そうな顔をした。

「こちらがいつもお世話になってる佐野昇平君と、そのペットのニワトリたちよ。ちょっと大きいけどすっごく頼もしいの。いつも畑の虫とか雑草とかも食べてくれるわ。ポチちゃん、タマちゃん、ユマちゃんよ。明日のごみ拾いウォークで一緒に歩くから慣れておきなさい」

みな一様に絶句していた。

そうか、外の人の反応ってこんなかんじなのか。よくわかったのでこれからはもう少し気を付けようと思った。

「ポチちゃん、タマちゃん、ユマちゃん野菜食べる？　あっちに虫食いしたのがあってね〜」

おばさんが畑の方へ歩いていく。ニワトリたちは身体を揺らしておばさんについていった。うちのニワトリたちはなんでも食べるからちょうどいい。

「おー、昇平来たか。お前らも入れ入れ」

おっちゃんがようやく顔を出したので、一緒に家の中に入った。

「初めまして、湯本のおじさんにはいつもお世話になっています。佐野昇平と申します」

おっちゃんの息子さんたちは俺よりはるかに年上だ。お互い挨拶をしあって居間で落ち着いた。

ビールを勧められたが断った。人数が確定したら町へ行って保険の契約をしなければならない。

「村の人ってビール飲んでも運転するイメージだったけど」

長男の光一さんが意外そうに言った。俺はギロリとおっちゃんを睨んだ。おっちゃんはあさっての方向を見やる。

「いえ、俺は山暮らしですから。酔っぱらって運転なんかしたら転落しちゃいます」

「ああー、確かに山の上に住んでたら危険だよね。ごめんね」

光一さんが頭を掻いた。

「あのニワトリ……尾が爬虫類系だった……もしかして羽毛恐竜？」

みんな大好き羽毛恐竜。次男の雄二さんが呟いた。

「……それはどうかわかりませんけど、春祭りの屋台で買ったんですよ。そういえば夏祭りの屋台って……」

「生き物と呼べるのは金魚ぐらいだったぞ」

「そうですか」

夏祭りではカラーひよこは売っていなかったようだ。疑問が解けてすっきりした。

「春祭りの屋台で売ってたのか。それに合わせて来ればよかったな……」

「あなた……？」

奥さま、笑顔だけど目が笑ってない。とても怖い。

「だって羽毛恐竜は男のロマンじゃないか！」

「あなたが独身だったらそれでもいいと思うわ。だけど、生き物を飼うってたいへんよね？　佐野さん、あのニワトリさんたち、日にどれぐらい食べますか？」

こちらに振られて一瞬キョドってしまった。

「え。ええと、今の時期は一応朝だけで……三羽でレタス二玉分ぐらいですかね……」

「あら、意外と食べないんですね？」

「基本山を駆け回ってますから、虫や食べられそうな野草を自分たちで見つけて食べているようです。他の野菜もあげています。ですから、普通に飼うとしたら飼いきれないと思います」

「そうですよね……」

運動もかなりさせないといけないし。

「そうか。だめかぁ～」

恐竜はロマンだっていうのはわかるけど、町の個人宅で飼えるものじゃないし。いや、うちのはニワトリだから。恐竜ってのは言葉のあやだから！（なんか違う）

「すみません、明日のごみ拾いについてなんですけど……」

そういえば、と思い出して声をかけた。

「ああ、すみません。母を除いた全員で参加は可能かな？」

光一さんに言われてちょっと戸惑った。

「ええ、かまいませんけど……朝かなり早いですよ？　大丈夫ですか？」

「ええ、こういう機会でもないと経験できないので」

子どもにさせたいんだろうなということはわかるが、小さい子もいて大丈夫なんだろうか。

「こちらでお子さんをみることはできませんので、そこは各自でお願いします。スポーツ・レジャー保険に入りますので一人三百円かかります。お名前と生年月日を教えてください」

「ええ？　うちから野菜とか提供するのに一人三百円出すのかい？」

「あなた……」

雄二さんは思ったことがすぐ口から出るようだ。

「雄二、文句があるならお前の家族は参加しなくていいんだぞ。その方が肉の取り分が増えるしな」

ガハハとおっちゃんが笑って言う。奥さまと戻ってきたおばさんの目が冷ややかに雄二さんに向けられた。

「な、なんだよ。疑問に思っただけじゃないか……」

「まぁ、ただじゃない。疑問に思うのはかまわないが、野菜は俺が作ったものであってお前のものじゃない。俺が言うならともかくお前にそれを言う権利はないぞ」

「そ、それもそうだな……」

実際一人三百円出すのを渋るなら参加しないでほしいというのが本音だ。

「雄二は相変わらずケチなのねぇ」

おばさんがため息混じりに言う。

「そんなんじゃないよ」

気まずいまま昼食をいただき、申し込みも締め切ったのでまとめて保険の申し込みに行くことにした。

「すみません、ニワトリたちを預かっていただいていいですか？　申し込んだら回収に来ますので」

「おー、いいぞー。畑の虫も食ってくれるから助かるしな」

子どもたちは最初ニワトリたちを遠巻きに見ていたが、「いたずらしたりしなければ大丈夫だよ」と伝えたら一緒に遊び始めた。こういうのって子どもが一番順応が早い。鬼ごっこをしているのが見えた。とても楽しそうである。

「じゃあいってきます」

名簿を確認する。子どもだけで二十二人だった。うちの敷地に入るかな。

あんまり数が多いから保険の窓口に行って手続きをした。本気ですごい数になった。大丈夫なんだろうか。

心配になって相川さんにＬＩＮＥした。

「参加者が、俺たちを入れて五十人になりました。大丈夫ですかね」

「五十人？　今電話できます？」

返事をする前に電話がかかってきた。

「もしもし？」

「もしもし、佐野さん？　すごい数ですね」

「ええ……車を停める場所がないかなーって思っちゃうんですけど」

「それは山の周りに停めてもらえばいいと思いますよ。朝も早い時間だし、基本あの道はあまり車も通りませんから。駐在さんには連絡してあるんでしょう？」

「ええ、ごみ拾いイベントをやるってことは伝えてあります」

「じゃあ参加者の数も伝えて、交通整理をしてもらえるようならしてもらいましょう」

「伝えてきます」

やっぱり相川さんは頼りになる。

「ところで、五十人分のパンと牛乳はどうなってますか？」

「あ、そうか……忘れてました。今町にいるのでどうにか買っていきます」

もう本当に俺のバカバカバカ。

「無理しないでくださいね。でしたら駐在さんには僕が会ってきます。明日も楽しみましょう」

あー、もう本当に頭が上がらない。そんなこんなで大量にパンと牛乳を買い込んでおっちゃんちに預け、ニワトリたちを回収して帰った。

翌朝、思った通りすごい数の人がうちの山の麓に集まった。なんかもう眩暈がした。

前回と同じように携帯やスマホの電源は切ってもらうよう頼む。前回も参加した子の中には「知ってるー」とか言うのもいたがそういうのは聞かない。うちのニワトリたちをＳＮＳに上げられるわけにはいかないので、面倒でもしっかり伝えないといけないのだ。

大人には先行してもらい等間隔に立っていてくれるよう伝えた。

「おはようございます、佐野さん。すごい数ですねー」

桂木さんが目を丸くして近づいてきた。相川さんがさりげなくすすすと離れていく。苦手なんだよなぁ。

「おはよう。そうだね。ナル山方面に子どもを十一人と、ポチとタマ。俺たち二人と付き添いの大人が四人。全部で十七人と二羽で行くよ」

「わかりました～。ごみ拾いがんばります！」

そこまで気合入れることもないだろうけど、この四日の間に車が通らなかったってことはなかっただろうから、ある程度注意して見回る必要はある。

「じゃあ、しゅっぱーつ！」

「しゅっぱーつ！」

子どもたちがくり返してくれた。ありがとう。

ニワトリたちにはファスナーをつけた上に桂木さん作のポンチョを被(かぶ)せてある。村にずっと住んでいる人以外は不思議そうにニワトリたちを見ていた。

太陽が出たか出ないかというとても早い時間にもかかわらず子どもたちは元気だった。やっぱりかなりの数、煙草(たばこ)の吸殻が落ちている。吸殻ぐらい自分たちで持って帰ってほしい。風などで飛んでくる分もあるのだろうが、ペットボトル等が落ちているとため息をつきたくなる。

ナル山を越えて少し行ったところで軽く休憩して戻って行った。帰りは道に立っていた大人たちも一緒である。普段から村にいない人たちはニワトリたちに興味津々だ。ニワトリたちもあちこち見回していろいろつついたり、ごみが落ちているところを教えてくれたりもした。本当にすごいニワトリたちである。

どうにか自分の山の麓に戻ってきた時、俺は精神的にかなり疲れていた。村外の人たちの相手は本当に神経を使う。残ってくれた人たちがＢＢＱの準備をしている。もうひと踏ん張りだ、と俺たちも合流した。

「佐野君お疲れ〜」

今回は相川さんの猟師仲間である川中（かわなか）さんも参加していた。

「こんにちは。参加していただきありがとうございます」

肉や野菜をあらかた焼き、みなにいきわたったところで話しかけられた。

「いやー、ニワトリと一緒ってとこに魅力を感じたんだけど、独身者は肩身が狭いねぇ〜」

「そんなことはないでしょう」

川中さんは俺に話しかけているのだが視線が全然別の方向に飛んでいた。そちらを見ると……。

うん、まぁ桂木さんは普通以上にかわいいよな。

桂木さんはおっちゃんちのお嫁さんたちとわちゃわちゃ話しているようだった。

「……佐野君、あのお嬢さんいくつかな……」

「俺より若いです。紹介はしませんよ」

「……もしかして彼女？」

「……違いますけど、俺一応あの子の兄みたいなものなんで」

夏祭りの日にそう言われたのだ。だからその期待には応(こた)えなければいけないと思う。

「ええ～、そんな～」

「失礼ですけど、川中さんにあの子はもったいないです」

「本当に失礼だな！」

川中さんは苦笑した。

桂木さんには是非いい男をゲットしてもらいたい。見た目がいくら若くても、五十のおっさんに桂木さんはもったいない。

今回は大量に食材を用意したせいか、肉が少しだけ余った。助かったと思った。

「今日は参加していただき、本当にありがとうございました。次の開催は十六日です。申し込みの締め切りは十五日の昼十二時です。参加希望の方はそれまでにご連絡ください」

盛大な拍手で今回もどうにか終わった。子どもたちはニワトリたちを囲んでなにやらわちゃわちゃしている。

「そろそろ帰る時間だよー」

片付けをして、大人たちが声をかけた。

「えー」

「もっと遊びたーい」

「ニワトリ、帰ろー」

子どもたちからブーイングが上がった。頼むからうちのニワトリは連れて帰らないでくれ。

俺とおっちゃん、相川さんと桂木さんが最後まで残り、参加者の方々の車を見送った。

「お疲れさまでした。僕は駐在さんに伝えてから帰りますのでよろしくお願いします」

相川さんが笑顔で言い、さっそうと帰って行った。逃げたな。

「じゃあ俺もごみ持ってくわ。これだけでいいんだよな」

「ありがとうございます、いつもすみません」

おっちゃんの軽トラにごみ袋を乗せて持っていってもらった。

そしてニワトリたちと、俺と桂木さんが残された。

「……相川さん帰っちゃいましたね」

「うん、そうだね。俺たちも撤収しよう」

こんな、人目の全くないところで二人になるのはあまりいただけない。まぁ山の行き来はしているが。

「……さっき」

「ん？」

「佐野さん、若作りのおじさんと話してましたよね」

「うん」

川中さんのことだろうか。多少離れていたと思うけど、もしかして会話が聞かれていたのだろうか。

「なんか、多分風向きだったと思うんですけど……話してるの聞こえちゃって……」

ということはおっちゃんとこのお嫁さんたちにも聞こえたのか。それはさすがに恥ずかしい。俺の背中を冷汗が流れるのを感じた。

「……ありがとうございました。佐野さんは、これからも私のお兄ちゃんでいてください」

「うん、まぁ……それはかまわないよ」

晴れやかな笑顔は素直にかわいいと思った。

だけど。

「さっそくですがお兄ちゃん、相川さんと仲良くなる秘訣(ひけつ)を教えてください！」

「まだ諦(あきら)めてなかったのかよ！」

「えー」

半分冗談で、半分本気のようなかんじだった。まぁ冗談なんだろうけど。

お互い笑いながら別れた。ニワトリたちは今日も自力で山を駆け上って行った。だからお前らはねえ、どうなってんだよいったい。

運動不足になるよりはいい……んだよな？　ユマは家の周りにいてくれたが、ポチとタマなんか影も形もなかった。エネルギーの塊かよ。朝も早い時間から起きてごみ拾いウォークに参加させたのだが、これで夕方いっぱいまで帰ってこないんだからどんだけだ。

家に戻ってしばらくして、相川さんからＬＩＮＥが入った。駐在さんに終わったと知らせに行ってくれたのはわかっている。次は十六日で、それで最後なのでまたお願いしますと頼んでくれたらしい。逃げたなんて言ってすまなかったと思う。（でも逃げたとは思っている）

おっちゃんの息子さん家族はとても喜んでくれたそうだ。利発そうな男の子は長男の光一さんの息子で、「あの大きさのニワトリを飼うとしたら山暮らしでないと無理ですね」とうんうん頷(うなず)きながら言っていたらしい。それで田舎暮らしに興味を持ってくれたらいいなと思った。

10　好きなんだからしょうがない

明けて十三日の朝、驚くべきことが起こった。

起きて土間に移動したら卵があった。

「？」

それもなんかでかい。

普通の鶏卵よりも一回り……いや二回りぐらい大きな卵が二つ、土間に転がっていた。

え？　これってもしかして……。

ニワトリたちは澄ましている。

「なぁ……この卵、タマとユマが産んだのか？」

「ウンダー」

「デテキター」

タマとユマが答える。やはり二羽が産んだらしい。俺はポチを見た。ポチはきょとんとしていた。

有精卵なのか無精卵なのかどっちなんだろう。

「タベルー？」

ユマが首をコキャッと傾(かし)げてそんなことを言った。

「え？　食べていいのか？」

有精卵だったらちょっとへこむんだけど。タマが面倒くさそうに卵を俺の方に蹴(け)ってよこした。

「うおおおい！　タマ、なんてことを！」

「タベロー」

食べろなんですか。温める予定はないんですか。

「本当にいいのか？」

改めて確認したら、タマが今度は軽くだが卵をつっつきはじめた。

やめてー！　卵にひどいことしないでー！

「わ、わかったから！　いただくから！　タマ、ユマありがとう！」

叫ぶように訴えてどうにか卵を確保した。それにしてもでかい。鶏卵のLサイズってあるけどそれよりでかい。LL？　もしかして3Lとかもあんのかな？　ありえないぐらいの大きさだ。

さすがに生で食べるのはまずかろうと、焼いて食べることにした。タマさんユマさんありがとうございます。

いつも通り自分が食べる分の野菜を切って、そのくずをバケツに入れる。それだけでは到底足りないから他の野菜も適当に切ってバケツに入れた。おっちゃんとこの息子のお嫁さんにも答えたが、毎朝レタス二玉分ぐらいの量を三羽で食べるのだ。肉の切れ端なんかもあげると喜んで食べてくれる。雑食っていいなと思う。

それらをボウル三つ分に分けてニワトリたちにあげた。そんなに飛び散ったりはしないが、けっこうなスピードで食べ終わってしまう。

　玄関のガラス戸を開けると、ポチとタマはいつも通りツッタカタッタッターと駆けだしていった。

元気だな、うん。

「ユマも遊びに行きたかったら行っていいからな」

　そう言うといつもユマは聞かなかったフリをする。そんなところがかわいいと思う。

「……食べてみるか」

　野菜たっぷりの豚汁のようなものを作り、卵は目玉焼きにすることにした。

　割ってフライパンに広がった卵がやっぱでかい。

「黄身の色とかは餌によるんだっけ。うん、有精卵ではなさそうだな」

　有精卵だと黄身のところになんかあるのだ。俺はほっとした。これで有精卵だったらもう一羽が
～と泣けてしまうし。まぁ温めてもらったとしてもみんながみんな孵化（ふか）するわけじゃないけどな。

気持ちの問題である。

　で、食べてみることにした。

　どんぶりにごはんをよそってその上にでっかい目玉焼き。醤油（しょうゆ）をちょっと垂らして……。

「いただきます」

　手を合わせて食べてみた。

………。

……すげえうまい。

　なんだこの卵ブランド卵か？　さすがに何食ってるかわからないから生では食べてはいけないだ

ろうが、白身まで味が濃厚で超俺好みだ。

「ユマ、これすげえうまい！　ありがとうな！」

タマのかもしれないけどどっちでもいい。めちゃくちゃうまい。おかわり。

俺はユマを拝んだ。こんなおいしい卵を産んでくれたユマさんタマさんマジ天使。なんだかいろいろ報われた気がした。

ユマが何してんのー？　と言いたげにコキャッと首を傾げた。いいのだ。俺が感謝したいのだ。

たかが卵でと言うなかれ！　俺は卵が大好きなんだ！

自分の作った豚汁が色あせてしまった。

これって毎日産むのかなと思わずネットで調べてしまった。普通のニワトリだと一日一個が限度で、数日間毎日産んで一日二日休んでまた産むというサイクルをくり返すらしい。二日に一個でも一週間に一個でもいいです。おいしい卵プリーズ！

おかげで俺は今日一日めちゃくちゃ幸せだった。畑仕事も草むしりも笑顔でやれた。家の縁側の前に生えている雑草も調子に乗って引っこ抜いた。よーしこれで縁側でお茶を啜（すす）るとかできるようになるぞー、と卵一個で働きまくったのである。ユマはそんな俺を、時折首をコキャッと傾げて眺めていた。

ふっ……タマとユマの卵のおかげで元気いっぱいだぜ！

夕飯を作っている時すでに足ががくがくしていたが俺は無視した。夕飯はオムライスにした。うまくくるめないので上に薄焼き卵（卵がでかすぎてあまり薄くならなかった）を乗っけただけである。すんごくおいしかった。

また調子に乗ってトイレと風呂場を徹底的に洗ってみた。

ユマと風呂に入る頃にはなんか足がぱんぱんだった。俺って弱っちいなーと思った。

十四日の朝、全身が痛くてなかなか起きられず、しびれを切らして呼びに来たタマに座られた。

「タマー！　のーるーなー！　おーもーいー‼」

本気で重いです。タマさん勘弁してください。

どうにかして土間に向かうと、また卵が無造作に転がっていた。今朝も産んでくれたらしい。

「タマさん、ユマさん愛してます‼」

一生面倒見ます。

うるさかったのかどうだか知らないが、タマに盛大につつかれた。なーんーでーだー。


今日も丸一日身体が痛くて使い物にならなかった。うん、自分の限界は知っていた方がいいと思う。

しかし、それにしてもタマとユマの卵がうますぎる。今日はラーメンにしてゆで卵をトッピングする。

うん、ゆで卵でかいな。やっぱ普通の卵より遥かに大きい。細心の注意を払って殻を剥いた。あんまりうまく剥けなかった。本当は産んでから一週間ぐらい経った卵の方が剥きやすい。ゆで卵は以前料理サイトで見たやり方を真似て作った。普通の卵だと、鍋に一センチぐらい水を入れて、蓋をして茹で、沸騰したらそのまま中火で五分。火を止めて三分置いてから上げると固ゆで卵ができ

る。ガス代の節約にもなるしとてもいい。（さすがにタマとユマの卵は十分以上茹でてから五分以上蒸らしてみた）

「うまい、卵サイコー！」

卵を食べて昼を乗り切った。

ってもう明日は十五日である。息子さんたち家族が今夜帰るとおっちゃんから連絡がきた。見送りに行こうかと思ったが夜だと家に帰れない。夏は日が長いが、山自体はすぐ暗くなるのだ。ちょっとだけ顔を出しに行くことにした。

「こんにちは～」

おっちゃんちの駐車場に軽トラを停（と）める。今日もユマが一緒だ。外で遊んでいた子どもたちの顔が、ユマを見てぱあっと明るくなった。

「お兄さん、こんにちは。こちらは、ユマさんでしたっけ？」

光一さんの利発そうな息子さんが声をかけてきた。

「うん、ユマだよ。よくわかったね」

タマとユマを見分けられる人は少ない。動き始めるとその動きのクセのようなものでわかるみたいだが、軽トラを下りただけでわかったのはすごいと思った。彼は頭を掻（か）いた。

「いやぁ……」

もしかしたら当てずっぽうだったのかもしれない。それならそれでいいと思った。

彼は律儀にも家に声をかけに行ってくれた。気の利くいい子である。他の子たちはユマに興味津々だ。

「あら、昇ちゃん来てくれたのね。夕飯食べていってちょうだい」

「おばさん、こんにちは。夕飯食べたら帰れなくなっちゃいますから。ご挨拶だけしに来ました」

「まぁ、昇ちゃんってば真面目ねぇ……。うちの子たちに見習わせたいわ」

「ははは……」

それは隣の芝生ってやつだろう。俺は苦笑した。

お邪魔すると居間に光一さんと雄二さんがいた。

「こんにちは、今日帰られると聞きまして」

「おお、昇平君じゃないか。律儀だなぁ。見送りにきてくれてありがとう」

光一さんが嬉しそうに言ってくれた。

「昇平君、羽毛恐竜は？」

「うちのはニワトリですよ。ユマが外で子どもたちと遊んでます」

「ちょっと見てきていい？」

「どうぞ」

本当に雄二さんは恐竜が好きなようだ。

「ごめんね、いつまでも子どもみたいなヤツで」

「いえいえ、俺も動物好きですから」

「おう、昇平飲んでくか？」

おっちゃんはすでにビールを飲んでいる。

「飲みませんよ。また明日来ます」

「おー」

二人に無事会って挨拶できたので帰ることにした。早くしないと暗くなってしまう。

「ユマー、帰るぞー」

そう声をかけたら子どもたちに囲まれていたユマが首を上げた。そしてコキャッと傾(かし)げる。

もう帰るの？　と言っているようだった。

「暗くなったら怖くて運転できないからさ」

「えー、ユマちゃんもう帰るのー？」

「また会えるー？」

子どもたちのブーイングにさらされながらユマを軽トラに乗せた。

「またこっちに来た時は声かけてくれよ。おっちゃんちには来るからさ」

「あの……」

利発そうな彼が言いにくそうに口を開いた。

「何？」

「その……潰(つぶ)したり、しませんよね？」

驚いて目を見開いてしまった。

「よくそんな言葉知ってるね。俺にとってニワトリは大事な家族だよ」

「ありがとうございます」

彼は今までにないってくらい嬉しそうに笑った。その屈託のない笑顔を見て俺も嬉しくなった。

大丈夫、うちのニワトリはずっと一緒だ。つーか潰そうとしたとしても。（以下略）

山に戻ってスマホを確認したら、珍しく母親から電話があったようだった。一瞬ためらったのち、かけ直した。

「もしもし、かあさ……」

「もしもし？　もしもし？　昇平？　アンタ元気なの？　大丈夫なの？」

心配そうに、必死で話しかけてくる母親の声に胸が痛んだ。

「……うん、大丈夫。元気でやってるよ」

詳細は話せないけど、いろんなことがあったなと思った。

「……お盆だっていうのに、結局帰ってこなかったわね」

「うん、じいちゃんの墓参りはそのうち行くよ」

「そうしてちょうだい……たまにはＬＩＮＥぐらいしてね。心配してるんだから」

「うん、ごめん」

便りのないのはよい便りなんて言葉があるが、俺は山暮らしだから一人で倒れてても誰もわからない。そう考えると三日に一度ぐらいは母親にＬＩＮＥした方がいいかもしれないと思った。

「湯本さんから聞いてるわよ。ニワトリを飼ってるんだって？」

「……うん」

湯本さん、というのはきっとおばさんのことを言ってるんだろう。どこまで話してくれたんだろうか。

「それは昇平にとってただの家畜なの？　それともペットなの？」

「うーん、ペットかな」

「じゃあ大事にしなさいよ」

「うん、ありがとう」

他愛のない話をして電話を切った。母親が元気そうでよかったと思う。

俺も元気だ。だってニワトリたちがいるし、卵があと一個ある！

卵だけで喜べる安い男だって？　ほっとけ。

11　ごみ拾いウォーク最終日はなんかドラマチック。隣山の住人に事情も聞いてみた

十五日になった。明日は最後のごみ拾いウォークだ。

村に帰省していた家族はほとんど住んでいる場所へ戻っていったらしく、見知らぬ車は少なくなったように思う。今回の申し込みは子どもだけで十四人、初日と似たような数でおさまった。なんだかんだいって出費はしたが、不法投棄を処理する為（ため）に金を使うよりはずっといい。何よりもみんなに喜んでもらえたのが嬉しかった。今日は相川（あいかわ）さんが養鶏場に行ってくれることになっている。

俺は町に行って保険の申し込みと豚肉、パンと牛乳の買い出しだ。保険の申し込みをする前に男性一人の申し込みをぎりぎりで受けてスポーツ・レジャー保険を頼んだ。それにしても男性一人だけの申し込みはいいんだが、聞いたことのない名前だった。もしかして新しく移住してきた人なんだろうか。俺は首を傾げた。

おっちゃんちに寄って食べ物類を預けた。明日の朝はＢＢＱの器材を運ばなければいけないので食材まで運べないのである。

「おっちゃん、明日もよろしくお願いします」

「おう！　任しとけ！」

「明日は私も行くからね」

「おばさんも、ありがとうございます。助かります」

最終日は調理要員としておばさんも来てくれることになったのだ。本当に頭が上がらない。

「もう昇ちゃんてば、そんなに気にすることないのよ～。うちの人もそうだけどね、やりたくてやってるんだから～」

でもそれが当たり前になってはいけないと自分を戒める。お礼の品は終わってから渡すことに決めている。紅茶とお茶菓子、そしてティーハニーのセットだ。もちろん品物だけではなく、いろいろ手伝えることがあればこれからも手伝おうと思う。受けた恩は決して忘れてはならない。

相川さんからＬＩＮＥが入った。駐在さんにもまた声をかけてくれたようだ。いろいろしてもらったことを忘れてはいけないな。

最終日、桂木さんは参加しない。でもありったけの野菜をおっちゃんちに届けてくれたらしい。

「明日は参加しないの？」

「なんかー……嫌な予感がするので明日は引きこもります。佐野さんたちによろしく」

とおばさんに言っていたと聞いた。俺にはＬＩＮＥで、「湯本さんちにお野菜宅配完了しました！」とだけ入っていた。

嫌な予感、ねぇ……。

参加するしないは個人の自由なのでそれについてとやかく言う気はないが、その予感とやらがなんとなく気になった。

そして翌十六日の朝、俺はＢＢＱ用の器材を軽トラに積んで麓に下りた。

ニワトリたちは前回も前々回もそうだったが自力で麓まで駆けて行く。まぁ下りる分には下りれないことはないからそれほど違和感はないのだが、帰りに山を駆け上るのはどうなんだと思ってしまう。

今回は俺が桂木さんの山の方へ向かうことにした。タマとユマが一緒である。子どもたちもうまく七人ずつに分かれてくれた。別に八六でも九五でもよかったと思う。学校のグループ分けとかではないし。大人の付き添いの中にぎりぎりに申し込んできた男性もいた。

「初めまして、ニワトリとごみ拾いってどういうことかなと思って参加しました。よろしくお願いします」

ナギと名乗った男性は俺と同じぐらいの年代に見えた。相川さんとはまた違ったタイプのイケメンである。

「村に知り合いでもいらっしゃるんですか？」

「いる、といえばいると思うのですが……。たまたま昨日こちらに来た時雑貨屋にいた子どもたちから聞いたんです。この辺りの山の所有者が主催していると」

「え？　じゃあ誰かに聞いてきたとかじゃないんですか？」

そういえば昨日申し込みの電話をかけてきたのは雑貨屋のおじさんだった。参加したい若いのがいるんだってよと言われ、時間もぎりぎりだったのでフルネームと生年月日だけ聞いて急いで保険に申し込んだのだった。

「え？　じゃあこの村には……」

「以前も人を探しにきたことはあるんです。ただどうしても会えなくて、また来てしまいました。ここで手掛かりがつかめたらいいんですけど……」

参加者に聞き込みをする為に来たのだろうか。

「そうなんですか、見つかるといいですね」

俺はまだ村に来て日が浅いから名前を聞いてもわからないだろうと、そこはさらりと流した。

「佐野さんの山はサワ山と聞きました。こちらはナル山というんですよね。何か由来でもあるんですか？」

桂木さんの山の麓まで来て小休止をとった。金網の柵(さく)の外側で水分補給をしたり塩分のタブレットを子どもたちに配ったりする。

ナギさんに聞かれて俺は首を傾(かし)げた。

「うちの山は川が多いのでサワ山と呼ばれているらしいんですが、ナル山についてはわかりませんね」

聞いたかもしれないが、自分の山だけで精一杯だから忘れたのかもしれない。

「猛獣注意って書いてあるよー。ナル山は昔ものすごくイノシシが多かったんだってー」

子どもたちが無邪気に教えてくれた。

「へー。ナルってなんだろう？」

「なんかねー、手入れがされてない木が多かったから、よくイノシシが木にぶつかってゴーンゴーンってすごい音がしてたんだってー」

「それでナル山かぁ……」

納得できるようなできないような、よくわからない話だ。

ナギさんが柵の側にいる。

「ああ……上も鳥よけですかね、これ」

高い金網の柵の上にとげのようなものがいっぱいついている。柵の高さはうちなんかよりもよっぽど高く、四メートル以上はある。鍵も南京錠が内側からも外側からもいくつもかけられていて、不法侵入は絶対に許さないという気概が感じられた。これはGWの後に増設されたもので、実はこの奥にまた柵があるのを俺は知っている。

「そうですね、鳥よけだと思います。そろそろ戻るよー」

おっくうそうに立ち上がってうちの山に戻る。ナギさんはどういうわけか、ナル山をしばらく見つめていた。

「?」

まさかな、と思った。

ドラマの見すぎかもしれない。そんなことは現実にはめったにないものだ。

だがやはり気にかかることは間違いない。女性の嫌な予感というのは当たることが多い。（と俺は思っている）

杞憂ならそれでいい。俺は帰りがけ、タマとユマの陰に隠れるようにしてＬＩＮＥを何か所かに入れた。

「ナギさんて人知ってる？　知ってるなら会いたい？　会いたくない？」

桂木さんには急いで打ったからよくわからない文章になってしまった。だけど返信はものすごく早かった。

「絶対会いたくないです！」

ビンゴだった。ＤＶの張本人とは限らないが会いたくない人には違いないのだろう。

「わかった。山からは決して出ないようにね」

相川さんやおっちゃんにもＬＩＮＥした。（一応おっちゃんもスマホは持っている）

「ナル山のことを誰かに聞かれても知らないと答えてください」

桂木さんの事情を話すわけにはいかないので俺ができるのはここまでだ。すぐに「了解」と返ってきた。

俺は極力ナギさんのことは気にしないようにして子どもたちとごみを拾った。

どうにかうちの山の麓に戻り、ごみをまとめて手洗いをさせてさあＢＢＱだ！　奥さんたちがまたおにぎりをいっぱい握ってきてくれたのでみんな大喜びである。飲み物も一応用意はしてあったが各自持ってきてくれたし、みんないい人たちだなと頭を掻いた。

「酒はないんですね」

「みんな車ですからね」

野菜やら肉やら焼いてみんなにいきわたった頃、ナギさんに声をかけられた。どうも田舎＝飲酒運転当然と思われてそうで困る。村では、近所といってもあまり歩いて行けるような距離にはないのだ。必然的に免許が取れる歳になれば免許を取る者が多い。年寄りはどうだか知らないが、今の若い人は飲酒運転の恐ろしさをよく知っている。罰則も以前より厳しくなったしな。

「ナギさんは今日はどうやってきたんですか？」

「雑貨屋の方のお子さん家族に乗せてきていただきました」

「へえ……随分仲がいいんですね」

「前回来た時にいろいろお話を聞きまして。実は私、スクールカウンセラーをしているんです」

「えええ？」

すごくびっくりした。

「ってことはもしかして臨床心理士さんなんですか⁉」

「……よくご存じですね。まぁスクールカウンセラーは臨床心理士だけとは限りませんけど……」

ナギさんは苦笑した。

「雑貨屋さんとはどんなお話を？」

「守秘義務がありますので」

「ですよね」

スクールカウンセラーってことは雑貨屋のお孫さんについてかな。いや、臨床心理士さんならお孫さんのこととも限らないか。

そんなことを話しながらみんなで楽しみ、今回も無事BBQも終了した。俺は空気を読まないかんじでナギさんを延々質問責めにしたので、もし次来ることがあっても嫌厭されることは間違いなかった。

最後に、

「あの……ナル山を所有されている方について何か知りませんか？」

と聞かれた。俺はできるだけ平静を装って答えた。

「いやあ……俺も今年こっちに越してきたばかりで全然交流ないんですよ。隣と言っても山ですしね」

「そうですか……」

ナギさんはあからさまに落胆したような様子だった。他の人にも聞きたそうにしていたが俺はナギさんから離れなかった。それで周りも何か感づいたらしく、俺のところには寄ってこなくなったし、片付けなどで俺が離れた後もナギさんに話を聞く人はいなかった。

助かったと思った。

ところで彼の言っていた雑貨屋とは、桂木さんちの側にあるところだっただろうか。どこまで情報を掴(つか)んでいるのかは知りたかった。

そんなこんなでどうにかごみ拾いウォークは終わった。みんなの車を見送って一息つく。

終わりだよ～と言ったらニワトリたちと離れたくないと、泣いたりだだをこねたりする子どもがけっこう多かった。今日で最後だもんな。その子たちを宥(なだ)めるのはけっこうたいへんだった。

「次はいつやるの？」

と聞かれても、そのうちね～としか答えられない。だって今回は臨時だし。うちの山に遊びにきたいとも言われたがそれは断った。子どもを招けるほど整備はしていない。大事なお子さんに何かあったら責任問題になってしまう。

「村に買い出しに行った時はよろしくな」

と言うことしかできなかった。子どもたちは不満そうな顔をしていたがしぶしぶ親と帰っていった。もちろんニワトリたちはどこ吹く風である。野菜と豚肉を大量に食べてご満悦だった。

「……お疲れさまでした」

「昇ちゃんが一番疲れたでしょう？」

「昇平（しょうへい）お疲れ」

「佐野さん、お疲れさまでした」

残ってくれたおばさん、おっちゃん、相川さんからねぎらわれた。

周りを見回してごみなどが落ちてないかどうか確認し、器材などを運び終えたらおっちゃんちに行くことになっている。今日はおっちゃんちで打ち上げだ。

その前に桂木さんにＬＩＮＥを入れて確認する。

「終わったよ。ナギさんてどういう関係の人？」

それによって次に顔を合わせた時の対応が変わるからそこは聞いておかなければならない。

「元彼の親友です。絶対関わりたくないです」

「へえ……」

ＬＩＮＥの返信を見て思わず声が出た。そんな立ち位置の人が探しにくるのかと感心してしまった。

「また今度詳しく話します。教えてくださってありがとうございました」

「うん、ゆっくり休んでくれ」

後日雑貨屋にも話を聞くのを忘れないようにしないとなと思った。

打ち上げということでおっちゃんちでしこたま飲まされた。相川さんはざるっぽいし、おっちゃんはご機嫌だしで飲むのを止めることができなかったのだ。これが上司だったら間違いなくパワハラである。

「ううう……」

久しぶりに盛大な二日酔い(ふつかよい)になった。本当に勘弁してほしい。

ちなみにおっちゃんちにはタマとユマがついてきてくれた。ポチは留守番をするという。なんか最近留守番するのを楽しんでいるような気がする。俺の居ぬ間にいったいどこまで羽を伸ばしているんだろう。

「……あんまり夜更かしするなよ」

とは言ったが、あさっての方向を向いて聞いていないアピールをされたから、一羽でフィーバーしてるんだろうな。……いったいどういうかんじがフィーバーなんだろう。想像もつかない。やっぱカメラつけさせてもらおうかな。

昨日(きのう)も肉が多少余ったのでおばさんが全部夕飯で調理してくれた。タマとユマもおいしそうに食べていた。よかったよかった。

ナギさんのことははっきりとは話せなかった。

桂木さんの事情を知っているのは俺だけだし、それも詳細に聞いているわけでもない。同棲(どうせい)して

DV野郎になった元彼がどんな容姿だったかもわからない。ナギさんはその親友だと桂木さんは言っていたがどこまで本当かは不明だ。今夜帰宅してから電話で聞くことにはなっている。どこまで話していいかわからなかったので、おっちゃんと相川さんにはまた今度説明しますと伝えた。

「まー、話せるならでいいからよ」

おっちゃんはそう言い、相川さんはにこにこしているだけだった。おばさんは何事か聞きたそうな顔をしていたが、おっちゃんに目配せされて肩を竦めた。それが昨夜のことだ。


二日酔いで朝を迎えた。

つらい。

胃もたれというか、み、みず……と言いながら這って行きたい心境である。これで目の前にミミズを出されたら相手を抹殺しそうだ。あ、タマとユマなら諦めて俺が倒れます。

「佐野さん、立てますか？」

相変わらず爽やかな出で立ちで相川さんが呼びにきた。

「……今日は無理です……」

ちょっとでも身じろぐと頭がぐわんぐわんする。

「……冷たい水をもらってきますね」

相川さんは喉の奥で微かに笑うと一度部屋を出て行った。うん、笑われてもしかたないんだけど……でもアンタも飲ませたからな！

どうにか起き上がって周りを見回す。相川さんが寝ていた布団はキレイに畳まれていた。

……復活したら畳もう。

「はい、どうぞ」

「……ありがとうございます」

いただいた水をゆっくりと飲んだ。まだ気持ち悪いけど、少しすっきりしたような気がする。

「まだ飲みます？」

「……いえ」

「ごはんは食べられそうですか？　おばさんがお茶漬けを用意してくれるそうですけど」

「……いただきます」

のろのろと居間に移動するとおっちゃんが待っていた。

「おー、昇平！　二日酔いかー？」

……頭痛い。すんごく頭に響く。

「ううう……お、おはようございます……」

どうにか挨拶(あいさつ)だけした。

「あんた、そんな大声出したら可哀(かわい)そうでしょ？　昇ちゃん、食べられる量だけでいいからね」

そう言いながらおばさんが梅茶漬けを用意してくれた。泣きそうである。

「……ありがとうございます」

みんな待っていてくれたらしく無言でお茶漬けを食べた。食べているうちにだんだん楽になってきて、やっぱ梅ってすごいなと思った。

縁側に移動してぼーっとする。今日は一日使い物にならないとわかっているのか、おばさんは何も言わなかった。お礼の紅茶のセットは昨日のうちに渡してある。すごく喜んでくれた。おばさんはどちらかといえばお茶が好きなようだった。

タマとユマが時折戻ってきては、縁側でぼーっとしている俺を見て首をコキャッと傾げ、また駆けて行く。いつ帰るの？　って聞きにきているのだろうか。この調子だと夕方になっても酒が抜けそうもない。でもさすがに夕方には帰らないといけないだろう。

「何時ぐらいに帰りますか？」

相川さんがお茶と煎餅を持ってきた。

「……夕方ですかね。全く抜ける気がしないので」

「そうですね。かなり飲みましたものね」

そう言って笑う。

「……お疲れさまでした」

「お疲れさまでした」

しみじみと言われたので俺もそう返した。

「佐野さんのおかげで今年はあまり大物はなかったです。例年だとテンとリンが見回っていても全ては網羅できないんですよ。でも今年はなんだかんだいって人が歩いていましたから……」

「やっぱり人目があるところには捨てないんですね」

「捕まったら困りますから」

「……そんな危ない橋を渡るぐらいならきちんと処理すればいいのに」

「世の中いろんな人がいますから」

相川さんの言うことが真理なのだろう。俺には理解できないような考え方をする人は一定数いる。

そう、みんながみんな自分のような人間だったらさまざまな事件は起こっていないと思う。それはそれで驕りなのかもしれないけれど。

落ち着いてから居間に戻って明日以降の予定をなんとなく話していた。桂木さんとも打ち上げをしたいという話をしていたが、そこらへんは桂木さん次第なので明日以降決めることにした。

そして夕方になり、俺たちは撤収した。もちろん布団はちゃんと畳んだ。

帰りに夕飯の足しにと、おばさんがでっかいおにぎりをいくつも持たせてくれた。本当にありがたいことである。なんであんなにおにぎりっておいしいんだろうな。

遠回りして桂木さんの山の方から車を走らせる。八月中は油断せず見回りをした方がいいと思ったのだ。そうしてやっと山に戻った。

まだポチは帰ってきていなかった。いったいいつまで遊んでいるんだろう。

「タマかユマ、ポチを連れてきてもらっていいかー？　多分けっこう汚れてるだろうから少しでも明るいうちに洗いたいんだ」

タマがキリッとし、首を持ち上げてツッタカターと走っていった。タマを見送って家の中に入る。土間がなんか汚れていた。ポチだろう。片付けをしている間にタマが泥だらけのポチを連れて帰ってきてくれた。さすがタマさん、優秀である。

「おー、今回も派手に遊んだなー。タマ、ありがとうなー」

タライを出して外でわっしゃわっしゃと洗う。暑いから川の水がとても気持ちいい。さすがに十月を過ぎればつらくなってくるだろうなと思いながら、タライの水を何度も替えてポチをキレイにした。水って素晴らしい。ポチがぶるぶると水滴を飛ばしている間にタマも洗ってやった。一緒に風呂には入ってくれないけど、水浴びをするのは好きらしい。

「養鶏場にもお礼に行かないとなー……」

卸売り価格で提供してもらった上、一度にけっこうな量を出してもらったのだ。感謝してもしきれない。

「夕飯終わったかな……」

夏の日は長い。それでも六時半ぐらいには日が落ちて、今は西の空が薄っすらと赤く染まっている。この日の入りからしばらくの明るい時間を薄明というらしい。

まだ夕飯中だったら後でかけ直せばいいと、俺は桂木さんに電話をかけた。

「もしもしっ！」

桂木さんがすぐに出た。こういうのを秒で、とか言うのかな。しらんけど。

「もしもし、佐野です」

「はいっ！　佐野さん、ありがとうございますっ！」

なんか気合十分というかんじである。

「えーと、ナギさんのことって聞いてもいいのかな」

「はいっ！　いくらでも話します！」

即答して桂木さんは話してくれた。

ナギさんは桂木さんが同棲していたＤＶ元カレの親友で、基本善人だが思い込みが激しい人らしい。ナギさんはDV元カレをとにかく信用していて、何度も桂木さん宅を訪れては「復縁してやってほしい」と言ってきたのだという。

あー、なんというかお節介ここに極まれりみたいな人だなと思った。

「話ならいくらでも聞くし、話し合いの場も設けるとか言うんですよー」

うんざりしたように桂木さんが言う。

「でもDVする人って二面性っていうか、DVのターゲット以外にはすごくいい人だったりとかするんですよね。だから何かの間違いだろう？　とか言われても響きませんし、アンタ親友とか言ってアイツのどこを見てたのかなーって……」

「……それは確かにむなしいね」

家庭では鬼の形相をしていても、一歩家を出たら聖人なんて話は聞いたことがある。ものすごく怒っていたとしても、電話が鳴って出た途端とてもいい声で受け答えする親の姿を思い出したらさもありなんと思った。あれってどうなってんだろうな。切り替えなんだろうけどさ。

「しかもむかつくことに親友がそんな奴(やつ)だって知ってるから、元カレもただの行き違いなんだ、とか、カッとなってつい、とか言い訳ばかりして同情を引こうとするんですよ。だから張り切って仲裁しようとしてて。ストーカーとか直接被害があったわけじゃないから、あの人の善意を誰(だれ)も止めることはできないじゃないですか。おかげで一時期電話の音も怖くて外にも出られなくなっちゃって……」

「それは災難だったね……」

小さな親切じゃない。大きな親切めちゃくちゃややヴぁいになっちゃったんだなと思った。

「もう一つだけいいかな」

「……はい」

「ゴールデンウィークの時元カレに似た人が村に来ていたかもしれないって言ってたよね」

「はい」

「あれ、多分ナギさんじゃないかな」

「……そうかもしれません。あの二人雰囲気も似てたんで……」

本人が来たわけじゃなかったのはよかったけど、ナギさんはナギさんで厄介だなと思った。

「……それにしても困ったね」

「あーもう……佐野さん巻き込んですみません……」

「いや……俺は別に被害受けてないからいいよ。でも不思議だよな。本人がこなくてその親友が二回も来るなんて」

「……まぁ、それもそうですよね。ここ、けっこう遠いですし……」

もしかして仲裁をしたいとか言いながら、ナギさん自身が桂木さんに本気になってるんじゃないのか？　なんてちらと思ったが何も言わないでおいた。余計なことを言って何かあったらたいへんだし。

「それでさ、協力を仰ぐなら湯本さんとか相川さんに話すって手もあるけど、嫌なら嫌と言ってくれ。でも最低でも山中（やまなか）さんには相談しておきなよ」

「そうですよね……みなさんにご迷惑をおかけして……」

「そういうのないから。ここまでは話していいとか、全部秘密にしておいてほしいとかでもいいし」

別に迷惑はかけられていない。ただみんな少しばかり心配しているだけだ。

このまま何も話さないでいて桂木さんを守る自信はない。もちろんこれは本人の問題だから絶対に話したくないというならそれも尊重はする。その中で彼女を守る方法を模索することになるだろう。

だって俺は当事者じゃないから。桂木さんの苦しみとか葛藤とか、俺にはただ想像することしかできないから。

「佐野さん、ありがとうございます……少し考えます」

「うん、何かあったら声かけてくれ。協力できる範囲でするから」

「……ありがとう」

そうして電話を切った。ひどく疲れた。おばさん作のでっかいおにぎり食って(めちゃくちゃうまい)、ユマと風呂に入って寝た。

12　残暑のある日の過ごし方

朝起きて土間に行ったら卵が二つ転がっていた。ああそういえば、昨日はどうしたんだっけと今更ながら思った。

「昨日の朝は卵産まなかったのか?」

タマもユマもコキャッと首を傾(かし)げた。心当たりはなさそうである。ということはたまたま排卵がない日だったのだろう。なんとも都合のいい話だと思った。

卵が無造作に転がっていることから、これらは食べていいものだと判断する。

「なぁ……この卵って俺以外に食べさせてもいいか？　例えば相川(あいかわ)さんとか……桂木(かつらぎ)さんとか……」

「イイヨー」

「イイヨー」

「ありがと」

まぁ有精卵じゃなさそうだしいいのかなとも思う。でも今日の分の卵は二つとも俺のだ。このとにかく味が濃厚ででっかい卵は俺のものだあああ！

ちら、と養鶏場に持って行くことも考えたが、この卵に目の色を変えられても困る。もしかしたらうち以外にもでかくなったニワトリを飼っている家があるかもしれないし、もしあったとしたら、隠したいことのように思われたからだ。

……いや、すみません。単純に俺が知られたくないだけです。（誰に謝っているのか）

養鶏場に電話をかけた。お礼に行くなら早い方がいいと思ったからだった。意気込んで電話をかけたものの、来るなら友達を連れて後日いらっしゃいと言われた。友達って相川さんのことでいいのだろうか。

桂木さんからは連絡待ちだし、今日は山の手入れをすることにした。ごみ拾いウォーク以外の日は手入れをしていたのだが、なんか落ち着かなくてここ数日は畑とか周辺の草むしりぐらいしかしていなかった。某アイドルグループが使っていた無農薬農薬のおかげで虫はそんなにつかなかったがニワトリたちには撒く度に怒られた。けっこう匂いきついもんな。ホントごめん。

朝ごはんを用意して食べさせた後、今日はポチとユマがツッタカターと遊びに行った。今日はどこにも行かないと言ったからかもしれない。思いっきり羽を伸ばしてくれたらいいな。

「タマ、墓見に行くぞー」

バケツにひしゃく、線香とライター、新聞紙などを持って、タマを軽トラに乗せた。ちなみにうちは新聞はとっていない。相川さんは二、三紙とっているらしく、麓のポストまで届けてもらっていると言っていた。新聞ってどこも同じじゃないんですか？　と聞いたら「見比べてみると面白いですよ」と言われた。読者のニーズが反映されるらしい。それはちょっと面白そうだなと思ったけど、多分新聞なんて読んでも三日坊主だろうから取る気にはならなかった。持ってきた新聞紙はおっちゃんちでいただいたものである。販売店が近くにあれば自分で買ってくるんだけど。あ、町に行った時にスポーツ紙でも買えばいいのか。


そんなに間を空けていないのにもう草ぼうぼうだった。

「うおい」

草はこんなに根性出さなくてもいいと思うんだ。

「食べられるものが生えてるならいいんだけどなー」

でもそういうのはきっと虫とか鳥が先に食べているのかもしれない。おいしいのは人間よりも野生の生き物の方が詳しいだろうしな。むしった草は何日か乾燥させて、風があまり吹いていない日

に空き地で燃やすようにしている。（もちろん焚火台を使用する。山火事対策もあるが、針葉樹などを守る為だ）

焚火台を使えば灰も全て回収できるし。灰は意外と役に立つのだ。

これでもかってぐらい雑草を抜きまくって超疲れた。川で水を汲み墓の手入れをする。そこらへんからキレイな花を見繕った。今日はあまり風が吹いていないので線香に火をつけて供えた。帰りに消火していく予定だ。

「お盆も終わったし、もう帰ったんだろうな……」

ご先祖様は普段墓の中にいるのか否か。難しい問題だと思う。ただ、ご先祖様を思う気持ちは間違いなくここにある。

墓から少し離れたところにある正面の木々を取り払いたい。この木々を取り払えれば村が見えるからだ。村にはこの人たちの子孫もいる。どんな風に暮らしているのか見せてあげたかった。

「……だるい」

墓の草むしりだけでかなり疲れた。坂を下りて家に戻る。

しかし俺には卵がある！

あ、うん。無理はしないけど……。

昼は目玉焼き付肉野菜炒めごはんを食べた。豪勢である。タマは文句も言わず肉の切れ端と野菜くずと野菜を食べてくれた。好き嫌いがないのが一番だ。

午後は川を見回ったり（なんでまだこんなにアメリカザリガニを見るのか）、家の周りの草刈りをした。

「あー……」

夕方にはぐったりしていた。俺こんなに体力なかったっけ？　って、昨日二日酔いだったじゃないか。若いといってもそんなに早く回復するわけもない。土間に足を投げ出して居間に寝転がっていたらタマにつつかれた。

「今日はもう休憩……」

昨日の二日酔いは抜けたけどなんか身体が休めって言ってるような気がする。卵を食べたけどすぐに電池切れしてしまった。

もしかしたら精神的なものもあったかもしれない。さすがに昨夜の桂木さんの話は重かった。

「どうしたらいいんだろうな……」

呟いたらタマにまたつつかれた。

「ええー、これ以上何するんだよ？　ああもう畑とかで害虫食べてていいから……」

そう言って玄関のガラス戸を開けたが不機嫌そうなオーラを出しつつも出ていかない。なんかピンときた。

「タマ、悪いけどユマを連れてきて交替してくれないか？」

そう言ったら途端にツッタカターと駆けて行った。やっぱ俺と一緒じゃ運動量が足りないのだろうなとちょっとだけ反省した。

ココッと表から声がして、俺は緩慢に起き上がった。ユマが戻ってきてくれたようだ。

ユマには呼びつけてしまったことを詫びた。相変わらずかわいらしく首をコキャッと傾げてくれた。ああもうかわいい。ユマさんは癒しです。

うちのニワトリたちは、一羽は必ず俺の側にいると決めているようだ。だから家のガラス戸を開けてもタマは外に出なかったのだろう。三羽ともよく動くがユマはそれほど動かなくても平気なのか、よく俺と一緒にいてくれる。でも本当はもっと動き回りたいだろうと思う。

でもおっちゃんちとか、他のところにいる時は普通に遊びに行くよな。記憶を辿ると、自分の山とか、相川さんち、そして桂木さんちにいる時も一羽は必ず側にいる。でも村に下りた時は平気で離れていく。それって……。

疲れた頭で考えても判断はできないと、俺は一旦考えるのをやめた。

「……今日は早めに風呂に入るか……」

そう呟くとユマの目がキラーンと光ったように見えた。まさかな。

「オフロー」

「うん、準備するなー」

本当にユマは奇特な子だと思う。お風呂が好きなニワトリなんて聞いたことがない。一緒に入ってユマをよく洗う。雑草などはあまりついていなかったがやはり山の中を走り回ってきたようだ。お湯を何度もかけて羽の汚れなどを確認する。意外と汚れているものだ。

「……はー……平和だなー……」

相川さんちのような露天風呂も憧れるが、毎日だと手入れがたいへんそうである。俺はまめじゃないからこれぐらいでちょうどいい。ゆったり浸かっているうちに外が暗くなってきた。そろそろ帰ってくるかなと風呂を出て、ユマを拭いた。

……うん、わかってたよ。わかってたんだよこうなることは。

なんで俺先に風呂に入っちゃったんだろう。

西の空が真っ赤でキレイだなー……と遠い目をしながら、雑草まみれで帰ってきたポチとタマを洗った。ううう、また汗だくだ……。

「あー……また買い出しに行かないとな。肉がない」

ニワトリたちにはツナの水煮缶があったからそれを野菜に混ぜて出してやった。油漬の方が俺にとってはおいしいけどコイツらにあげる時は毒にしかならない。油漬の缶を使って野菜と炒めて食べた。うん、うまいけど力は出ないな。やっぱ肉だなと思った。

ふとスマホを見ると桂木さんからＬＩＮＥが入っていた。もうなんらかの結論が出たのだろうか。

「明日の昼、よかったらごはんを食べにきませんか？」

ごはんのお誘いだった。特に用事もないので、「行くよ」と返した。確かに顔を突き合わせた方が桂木さんの考えもまとまりやすいかもしれない。一人でいて悶々とするぐらいならいくらでも呼び出してくれと思うのだ。本人にはとても言えないけど。

「明日桂木さんちに行くけど、一緒に行くかー？」

「イカナーイ」

「イクー」

「イクー」

ポチが欠席、と。なんか傾向が見えてきたな。

桂木さんちにはタマとユマ、相川さんちにはポチとユマがついてきてくれることが多い。桂木さんちにポチがついてこないのはなんでだろうと思うこともあるが、基本はやっぱりうちの山がいいんだろうな。

「いつもありがとうなー」

嬉しくなって礼を言ったらきょとんとした顔をされた。いつもお礼言ってんじゃん。三羽してそんな何言っちゃってんの的な表情はやめてほしい。

13　隣山へ様子を見にいってみる

今日は桂木さんちにお邪魔する。出かけるまで一連の野良仕事をしてから、

「あ、手土産どうしよう……」

何も考えていなかったことに気づいて愕然とした。

なんか俺、話を聞いてやってるんだから的な思考でもあんのかなと思う。でも手ぶらで行くのはないよな。

「雑貨屋寄ってくか」

タマとユマを軽トラに乗せ、少し早めに出発する。雑貨屋は……と考えて桂木さんがよく使っているという方に寄ってみた。もしかしたらナギさんの情報が入るかもしれない。

「こんにちはー」

「おー、久しぶりだねー」

そういえばこちらにはあまり来ていなかった。よく行く雑貨屋と品揃えが似ているからかもしれない。店番はいつものおじいさんだった。

「お子さんたちごみ拾いウォークに参加してくださいましたよね？　ありがとうございました」

「いやいや、本当は俺も参加したかったんだけどねぇ。さすがに腰がなぁ……」

「お気持ちだけで十分ですよ。お子さんたちによろしくお伝えください。そういえば……」

どう聞けば違和感なく話を引き出せるだろうか。

「あの、最終日にナギさんて方が参加されましたけど、おじさんの親戚（しんせき）の方ですか？」

「いやいや……全然関係ない外の人だよ。なんか人探しをしてるっつって前にも来たかな。すんげえハンサムだろう？　孫が気に入っちゃって一緒に参加しようって誘ったんだよ。なんか迷惑かけなかったかい？」

「それは大丈夫です。ただ、どういう関係なのかなと思っただけですから。でも人探しって、どんな人を探してるって話だったんですか？」

「んー……なんか若い娘だっつってたんだよな。目が大きくて、かわいくて、とか……」

「名前とか聞きました？」

「んん？　確か……唐津（からつ）さんとかなんとか言ってたな」

唐津？　それじゃ桂木さんのことではないのか？　それとも聞き間違えかな。

「……そうですか。でも、そんな名前の人知らないですよね」

「ああ、だからここにはいねえんじゃねえかって言ったんだけどなー」

その人の名前をおじいさんが聞いたとしてもせいぜい一度ぐらいだろう。心当たりがあれば何度も聞いて確認するだろうが、結びつかなければそこで流すに違いない。

追加でちょっと突っ込んで聞いてみた。

「その人のこと、なんで探してるんですかねー？」

「さあなぁ、なんか言ってた気がするけど忘れたよ」

とぼけているのかそれとも本当に忘れたのかまでは判断できなかった。詳しく情報を集めたければお子さん夫婦に聞けばいいのだろうが、へんに怪しまれても困る。

結局大した情報は得られなかった。

手土産に、今日入ってきたというクッキーを買って桂木さんの山へ急いだ。

「佐野さん、ありがとうございます」

桂木さんは麓の厳重な金網の内側に隠れるようにして待っていた。車はこちらからは見えない位置に停めてあるようだった。

「ごめん、待たせちゃったかな？」

「いえ、大丈夫です」

「……あ」

車を金網の内側に入れ、全部鍵をかけてから思い出す。

「桂木さん、もしかして買物とか全然行けてないいんじゃないか？」

桂木さんは困ったような顔をして、コクリと頷いた。しばらくは畑の野菜でどうにかなるかもしれないが肉類がないのは困るだろう。

「また鍵開けるの面倒かもしれないけど今から買物行ってくるよ。ここについてから連絡するから」

「……いいんですか？」

「だって肉食べられないとつらいだろ？」

「じゃあ、買ってきてほしいものＬＩＮＥするので、雑貨屋さんで買ってきていただいても……？」

「うん、なかったら悪いけど」

桂木さんはとんでもないと首を振った。

「タマを置いてくよ。タマ、桂木さんに付き添っててくれるか？」

タマが荷台から下りてコッと返事をしてくれた。

「できるだけ早く帰ってくるから」

「……いえ、無理しない程度で……」

なんか桂木さんはぼうっとしたような表情で俺を見送った。雑貨屋に着く頃には買物リストが入っているだろう。もっと早く気づいてあげればよかった。そうだよな、あんなこと聞いたら怖くて山から出られないよな。

桂木さんを思いやれなかったことを、俺は反省した。

先ほど寄った雑貨屋には行かなかった。再度行くにしても肉類とかをまた買いに行くのはおかしすぎる。おっちゃんちの近くの雑貨屋で頼まれた豚肉や卵、ひき肉などを買って戻った。

桂木さんはタマと一緒に待っていてくれた。

「待たせちゃってごめん」

「いいえ、いいえ……ありがとうございます……」

心なしか桂木さんの目が潤んでいるように見える。そんなに追い詰められていたのだろうか。桂木さんはしきりにタマの羽を撫でている。タマも桂木さんに寄り添うようにしていた。

内側に入り、厳重に鍵をかける。ごみ拾いウォークの時も見たが、この金網はかなり頑丈そうで不審者は絶対通さないという気概が感じられる。実際本気で入り込もうと思えば周りから入れないわけではないのだが、足場は悪いしこの山はけっこう急だ。金網はこれだけではなく少し先にもう一か所ある。桂木さんの恐怖がよく伝わってくるというものだった。

ちょっと遅くなってしまったが桂木さんの家に着いた。ドラゴンさんが珍しく駐車場の側にある木の陰に寝そべっていた。

「タツキさん、こんにちは。お邪魔します。うちのニワトリが虫とか食べていってもいいですか？」

ドラゴンさんは薄っすらと目を開け、いつものように軽く頷いてくれた。いつもなら畑とか家の横辺りの陰にいるのだが、今日は桂木さんのことを心配してここで待っていたのだろう。

「タツキ、ただいま」

桂木さんに声をかけられて、ドラゴンさんは彼女に寄り添った。そのままのっそりのっそりと一緒に家に向かう。そして家の日陰になっているところに寝そべった。タマがさっそくドラゴンさんをつつく。この光景だけ見ると平和だなと思う。この平和が続く為にも、もう少し桂木さんを気にかけなければいけないなと思いを新たにした。

「すみません、今用意しますね！」

そう言って彼女が小ぢんまりとした家に入っていく。買ってきた食べ物とクッキーは玄関先で渡し、俺はいつも通り裏へ回って縁側に腰掛けた。縁側の周りの草はキレイに刈り取られていた。ユマは俺の側にいて、時折草をつついては小さな虫を食べているようだった。よく見えるなと感心してしまう。俺も別段目が悪いわけではないのだが、探しているものが違うのかもしれない。

「温めるので少し待っててください」

家の中から麦茶と野菜スティックをお盆に載せて桂木さんが現れた。野菜スティックにディップするのはオーロラソースのようだ。

「おかまいなく」

彼女はすぐ家の中に消えた。俺はよく冷えた麦茶をごくごくと飲んだ。思ったより喉が渇いていたようだった。

「あー、ペットボトルも買ってくればよかったな……」

お茶とかの二リットル入ってるやつ。本当に俺ってば気が利かない。

野菜スティックはきゅうりが主だった。これがなかなかうまい。ポリポリ食べていると、

「お待たせしました」

思ったよりも早く桂木さんが戻ってきた。ふわり、と胃を刺激するような香辛料の香りが漂う。カレーだった。

「おー」

桂木さんは俺の反応を見てクスクス笑った。

「本当に男の人ってカレー好きですよね。すごく嬉しそうですよ」

「なんでだろうな。好きなんだよな」

「野菜カレーで申し訳ないんですけど、おかわりありますから」

「ありがとう」

夏野菜がごろごろ入ったカレーはとてもおいしかった。ツナ缶も入れたらしく、全くの野菜カレーというわけではなかった。カレーなんて久しぶりすぎて思わず二回もおかわりをしてしまった。

桂木さんは終始嬉しそうな顔をしていた。彼女の気分転換になったならよかったと思った。

……食べすぎた。でもしょうがない。だってカレーだし。男はカレーに逆らえないと決まっているのだ！

「いっぱい食べていただけて嬉しいです。その……また作りすぎてしまったので少し持って帰りませんか……？」

「是非！」

ちゃんと以前借りたタッパーも持ってきている。準備は万端だ。

「よかった。今朝作ったのを冷まして冷蔵庫に入れておいたんですよ。帰る時にお渡ししますね」

「ありがとう」

桂木さんがにこにこしているので俺もにこにこしてしまう。いや、これはやはりカレーのせいか。

食べ終えて少しぼーっとした。

「……あれから、なんかあった？」

「いえ、特には……おばさんには話しました。元彼の親友が来るなんておかしな話ねって言ってましたけど」

誰が聞いてもそう思うだろう。

「それで……もしかしたらその親友の方が私を好きなんじゃないかとか言われて……」

俺もそう思った。言わなかったけど。

「桂木さんは、ナギさんのことはどう思ってるんだ？」

聞いてみるととても嫌そうな顔をされた。

「……キモいです。うざいです。あんなの顔がいいだけです」

「臨床心理士だって聞いたよ。頭もいいんだろ？」

「職業は関係ないです。あの、なんというか……君の為を思って、的な押し付けが許せないんです！」

「ああ……」

そういう人なわけね。一度しか会ってないからよくわからないけど、桂木さんと元彼のよりを戻させようとしたぐらいだしな。

「私……今度あの男に会って偉そうなこと言われたら殴る自信があります！」

拳（こぶし）を振り上げて桂木さんが言う。うん、元気ならよかった。

「それぐらいの気概があるならいいけど。困ったことがあれば言ってくれよ。できる範囲で手伝うからさ」

そう言うと、桂木さんは拗（す）ねたような表情になった。そしてぶつぶつとなにやら呟（つぶや）く。そしてキッと俺を睨（にら）んだ。

「佐野さんは……お兄ちゃんですよね」

「うん、桂木さんがそう言ってるよね」

なんだろう。頼りなさすぎてクビだろうか。

「じゃあ、もう少し落ち着くまで代わりに買い出ししてもらってもいいですか？」

「いいよ。別に何も予定ないし」

夏祭りも終わったし、お盆も過ぎたし特にやることもない。

「ああう……じゃあ今度相川(あいかわ)さんも連れてきてください」

まだ言うか。

「……いいかげん諦(あきら)めたら？」

「目の保養がしたいんですー」

「悪かったな。目の保養にならなくて！」

相変わらず失礼な娘だ。いや、自分がイケメンだとはただの一度も思ったことはないけれど。

はぁ、と嘆息する。

「聞いてはみるけど、期待はするなよ。相川さんには嫉妬深(しっとぶか)い彼女もいるし」

リンさんのことである。嫉妬深いかどうかは知らないし、本当の意味で彼女かどうかも知らない。

でも確かそんな設定だった気がする。

「……あれ？　そういえば車で待ってた美人でしたっけ？」

桂木さんはリンさんのことを忘れていたらしい。

「うん」

「そっかー、ならいいです」

意外とあっさり引き下がった。俺のこの手に持ったスマホはどうすればいいのか。

「佐野さんとくっついてるのを見るのがいいんですよねー……」

食器を片付けながら桂木さんがそんなことを呟いていた。一気に鳥肌が立った。

お、男同士の友情がいいって以前言ってたよな。きっと気のせいだ。うん、気のせいだ。大事なことなので二度言いました。

土産(みやげ)にと持たされたタッパーはやっぱりでかかった。

「……ありがとう」

「れ、冷凍すればけっこうもつと思うんで！」

カレーだしな。三食食べても飽きないからすぐに食べ終わるだろう。

「そうだね。とても助かる。じゃあまた何かあったらＬＩＮＥ入れてくれ。電話でもいいし」

「はい！　ありがとうございます！」

もちろん麓(ふもと)まで一緒に行き、桂木さんが鍵をかけて帰っていくところまで見送った。一応タマとユマには人の気配があったらすぐ知らせるように言って。誰かに見られて困ることではないが、念には念を入れて、である。

桂木さんの山の中で、タマはけっこう好き勝手に回っていたようだ。雑草は軽く落としたが、帰宅したら水洗いする必要があるだろう。

帰宅してからはっとした。そういえば誰にどこまで話していいか聞くつもりだった。

でも桂木さんはごはんを食べにきてほしいと言っていた。だからそれはそれでいいのだろう。

せめてこれだけでもと思ってＬＩＮＥを入れる。

「そういえば聞き忘れたけど、ごみ拾いウォークの打ち上げどうする？」

桂木さんからすぐに返事があった。

「まだ後一週間ぐらいは怖くて出られないと思うので、私抜きでやってください。ごめんなさい」

……まぁそうだよな。しばらくは俺がフォローすればいい。

「わかった」

とだけ返して、おっちゃんや相川さんにも連絡した。

「役立たずだよなぁ……」

女の子一人守ってあげることもできないなんて。

世界を救うことができないなんて子どもの頃には悟っていた。でもヒーローにはなりたいと思ってた。

西の空が今日も赤く燃えている。ユマがとてとてと近づいてきて、俺の前でコキャッと首を傾げた。俺はそっとユマに触れた。すでにタマの姿はない。ユマさんマジ天使です。ありがとうございます。

今日のことが少しでも桂木さんの気分転換になればいいと、俺は思った。

14　出てこられるのかこられないのか。きっかけはなんでもいい

「時間が必要なのかもしれませんね」

相川さんからこんな返事があった。確かに、桂木さんには時間が必要だろうと思う。相川さんの問題については一応解決？　したものの、本当の意味での解決自体に三年以上もかかっている。そ

して相川さんは未だ妙齢の女性が苦手だ。桂木さんについてはGWに村に来た人物が判明しただけである。元彼の親友であるナギさんが諦めてくれればそれで終わる問題だと思う。それを確認することはできないけど。

相川さんのような解決は望めるものではない。そのままフェイドアウトする可能性の方が高いのだ。もちろんナギさんのように探しに来るというパターンもあるだろう。そもそもなんで探しにきたんだろう。いろいろ疑問が残った。

「養鶏場にお礼に行こうと思うのですが、相川さんの都合はどうですか？」

「いつでもいいですよ」

ということなので松山さんに連絡をして明後日の昼に合わせて伺うことにした。こちらにもお茶とお茶菓子のセットを用意してある。お礼はしっかりするべきだ。

翌日も仁義なき雑草との戦いに明け暮れた。もう除草剤を買った方がいいのかと思い始めてきた。……いや、うちにはかわいいニワトリが三羽もいるのだ。除草剤はよくない。見た目はもうかわいいってかんじじゃないけどな。

そして養鶏場に向かう日、ユマとタマがついてきてくれることになった。ポチは残るらしい。

「夕方には帰ってくるからなー」

念の為玄関の鍵は開けてある。万が一俺が帰ってこられない場合に備えてだ。そう考えると前に鍵をかけてタマを締め出してしまった時はやヴぁかった。そりゃあつつかれるのは当たり前である。あれ以来鍵は何度も指さし確認をするようにした。

そういえば、と思い出す。家の鍵はともかくとして、麓の鍵をかけ忘れることがたまにある。あれはまずいかもしれない。今までは何もなかったが、ナギさんみたいな人が来たらたいへんだ。勝手に敷地内に入られたりしたら目も当てられない。もっと気を引き締めようと思った。

これぐらいの時間に向かうということは連絡してあるが、基本相川さんとは別行動だ。だってお互い軽トラだし。

手土産も持った。

で、軽トラを走らせて村の奥の方、隣村との境近くの山まで行けば養鶏場がある。

「こんにちはー」

駐車場の側(そば)におばさんがいた。

「佐野(さの)君こんにちは。この間は大量に発注してくれてありがとうね」

「こんにちは。こちらこそとても助かりました。鶏肉(とりにく)、すごくおいしかったです。ありがとうございました」

おばさんはにこにこしていて上機嫌だった。タマとユマを下ろすと、

「よく育ってるわよね～。また大きくなってない？」

と言われた。ええ？　また巨大化してるのか？

「そうですか？　毎日見てるからよくわからないんですよ」

「そうよね。毎日見てると変化がわかりづらいわよね～」

おばさんの許可をとって、タマとユマには養鶏場の反対側に遊びに行かせた。養鶏場には行かないように言ってある。

「あれからね、問い合わせが来るようになったのよ」

「鶏肉、ですか？」

「そう。卵はないって言うと残念そうにされるのが少し心苦しいけどねぇ」

そんなことを話している間に相川さんの軽トラが入ってきた。今日は助手席にリンさんが乗っている。

「こんにちは、お邪魔します。先日はありがとうございました」

相川さんがにこやかにおばさんに挨拶をした。

「相変わらずいい男ね～。いいのよ～うちも余剰分がはけたから助かったわ～」

相川さんとおばさんが話している間にリンさんに近づく。もちろんそれなりに離れてだが。

「リンさん、こんにちは」

「サノ、コニチハ」

「彼女はまた下りてこないの？」

「人見知りが激しいので」

「そう？　じゃあ帰りに鶏肉持って帰りなさいね。調理してもらって～」

「お手数おかけします」

招かれて家の中にお邪魔する。そこでお互い手土産を渡した。相川さんと合同で、と思ったのだが相川さんも別に用意していたようだった。悪いことをしたなと思った。

「お昼ご飯食べていくでしょう？　例のごみ拾いウォークの時のことを教えてね～」

漬物やキムチ（キムチも漬物だけどキムチはキムチな気がする）、鶏の唐揚げ、参鶏湯、プレートでタッカルビまで用意してくれた。おじさんは養鶏場の方で作業をしていたらしく、料理が出来上がった頃に戻ってきた。

「やあやあ佐野君、相川君こんにちは。いや～お客さんがくると豪勢でいいな」

と言っておばさんにどつかれていた。

タッカルビは鶏肉をコチュジャンで甘辛く味つけし、野菜やもちなどを鉄板の上で直接炒(いた)め、混ぜて食べる料理らしい。ここらへんは相川さんがよく知っていた。おばさんはどうやら韓国料理が好きらしい。

さすがに男が三人いると、どんなに量があってもあっという間になくなってしまう。

「まー沢山食べたわねー！」

平らげた時はさすがにおなかがぱんぱんになっていた。おばさんはキレイに空になった皿を見て上機嫌だった。

もちろんごみ拾いウォーク時の話もしたし、松山(まつやま)のおじさんはお祭りで屋台をしていたからその時の話も少しした。

ごみ拾いウォークの話はおじさんの方がかぶりつきで聞いてくれた。

「人通りがあった方が不法投棄は少なくなるんだろうね。うちの方でもやるべきかなぁ」

なんて言っていた。もちろんその後のＢＢＱで鶏肉がかなり好評だったことも伝えると、二人ともとても嬉(うれ)しそうだった。

「やっぱり若い人がいると違うわね～」

また遊びにきてねと言われ、是非、と約束した。ただの社交辞令とはとても思えなかったので。

本当は桂木さんも来れたらよかったなと思う。そのうち連れてくることにしよう。鶏肉おいしい！　って彼女も絶賛していたから。

「それじゃあしょうがねえな」

桂木さんの件を電話で伝えると、おっちゃんは苦笑したようだった。

「事情はよくわからねえが、焦らせないでやってくれ。……全く、今の若い者はいろいろあってたいへんだよなぁ……」

……何か問題があったから山に逃げてきたけど、みんながみんな深刻なわけではないと思う。希望に燃えて移住する若者だっているだろう。でもストーカー被害とか、元彼ＤＶ問題とかに比べると俺って軟弱なのかなとかも思ってしまう。思い出すだに胸はまだちくちく痛むのだが。その都度過ぎたことだと自分に言い聞かせてはいる。

「すみませんがよろしくお願いします」

「こっちはいつでもいいからよ。飲む口実がほしいだけだしな～」

そう言っておっちゃんはガハハと笑った。大雑把なようだがおっちゃんのフォローはなかなかに細やかだ。本当に頭が上がらない。

そんなわけでごみ拾いウォークの打ち上げは延期になった。彼女抜きでやるってのもなんか違うし。だが別にそのことを彼女には伝えなかった。プレッシャーに感じても悪いし。天岩戸から出てこれるようになったら伝えればいい。え？　天岩戸じゃないだろうって？　イメージだよ、ほっとけ。（誰に弁明しているのか）

それから、二、三日に一度桂木さんに買い出しを頼まれる他はいつも通りだった。買った食材などは麓で受け渡しをした。

「寄って行きませんか？」

と言われたが断った。なんだか桂木さんの目が縋(すが)るような色を湛(たた)えていたからだ。今はナギさんのことでナーバスになっているだけだろう。心細いのは間違いないだろうが、家にまで寄る必要は感じなかった。

それにしてもタマとユマの卵がうますぎる。これは至高の卵だ！　と毎日感動している。

これを是非誰かに食べさせて絶賛する仲間がほしい。

というわけで相川さんにＬＩＮＥを入れてみた。

「タマさんとユマさんの卵ですか？　是非食べてみたいです！」

すぐに返事があった。

そうだろうそうだろう。うちのかわいいニワトリたちの卵だ。絶対に食べたいだろう。うんうんと頷(うなず)いていたらニワトリたちにじーっと見られていたことに気づいた。なんでそんなにアナタガタの目は冷たいんでしょうか。泣くぞ。

「一回り以上大きくて味も濃厚なんですけど、なんかいい調理法ありますか」

と送ったら卵とトマトの炒め物はどうかと返ってきた。それと、

「明日お伺いします。なんでしたら調理は僕がします」

とも書かれていた。相川さんの本気を見た思いだった。

卵とトマトの炒め物というと中華だろうか。それだけ本人に作ってもらうとして、他のメニュー

はどうしようかと思っていたら、ごはんだけ炊いておいてほしいとも入っていた。

「……押しかけ女房？」

と呟(つぶや)いて違う違うとぶんぶん首を振った。なんか暑さで頭が疲れているような気がする。

「明日相川さんが来るみたいだ」

ニワトリたちに伝えたら何故(なぜ)かタマにつつかれた。

「痛い！　痛いって！　それはしょうがないだろ！」

どんだけリンさんたちが苦手なのか。実害が全くないのに苦手なだけなら付き合えない。

「相川さん、タマとユマの卵を食べにくるんだってさ。あげていいんだよな？」

「イイヨー」

「イイヨー」

タマとユマが即答してくれた。そこは即答するんだな。

「ありがとう」

ポチを見やると俺には何も関係ないもんねって体だった。お前には子孫を残そうという気はないのか。それとも迫ってもフラれまくっているのか。よくわからないところである。

相川さんが中華料理のメニューを書いてくれたおかげで頭の中が中華料理でいっぱいになった。油淋鶏(ユーリンチー)おいしいよなー。エビチリもいいなー。青椒肉絲(チンジャオロースー)もいいなー、回鍋肉(ホイコーロー)も捨てがたいとかいろいろ考えてしまった。卵どこいった。

翌朝、はっと思い出してバケツを持って川へ走った。もちろんニワトリたちも一緒である。

……あれだけ捕ったのにどこから出てくるんだろう。来年は少なくなっていることを希望する。

水はキレイでもこれじゃ魚が川に戻ってこないじゃないか。

「あれ？　でも今日は直接来るんだから用意しとかなくてもいいんじゃないか？」

バケツ半分までアメリカザリガニを捕ってからそのことに思い至った。うん、間違いなく暑さで頭がおかしくなっていると思う。それに加えて桂木さんから買い出しリストが入っていた。

「夕方でいいかな」

「忙しいのでしたら明日で大丈夫です」

「相川さんが来るから」

「うちに連れてきてください。食材も一緒に」

「無理」

というやりとりをＬＩＮＥでした。うん、桂木さんが山から出てこられない以外は平和だ。なにはともあれ平和が一番である。

バケツの上に蓋をして、ため息をついた。

基本山の上はそれほど暑くはなっていない。でも夏は夏である。八月も終わりだから残暑ではあるが気分的にはまだ夏だ。

「やっぱ暑いんだよなー……」

麓の村に下りればもっと暑い。この暑さの中地元に戻る気はしなかった。夏でこの気候なら冬はどうなってしまうんだろう。カチンコチンに凍っているかもしれない。そんなことを考えている間に相川さんの軽トラがやってきた。助手席にはリンさん。

いつも通りである。俺は余計なことを考えるのをやめ、手を振った。

「佐野さん、こんにちは。お邪魔します」

「こんにちは」

同じ作業着姿なのに相変わらずのイケメンっぷりである。相川さんは軽トラを下りると、ニワトリたちにも挨拶してくれた。

「こんにちは、ポチさん、タマさん、ユマさん。うちのリンが虫などを食べていってもいいですか」

「イイヨー」

「……イイヨー」

「イイヨー」

相川さんは相変わらず丁寧だ。リンさんが軽トラを下りる。

「リンさん、こんにちは」

「サノ、コニチハ」

「ザリガニ、自分で捕られると思うんですけど、こちらでも少し捕っておいたんです。どうしますか？」

バケツを持ってくると相川さんが嬉しそうな顔をした。

「……テンのお土産にさせていただいても？」

「もちろんいいですよ」

「じゃあすみません、こちらのバケツお借りしますね」

相川さんがリンさんに目配せした。リンさんが上機嫌でバケツを持ち、川の方へずるずると移動していった。バケツの中身は先に食べて新鮮なのと入れ替えるのだろう。リンさんとテンさんの関係って夫婦になるのだろうか。生き物はよくわからない。

リンさんが川の方へ行ったことを確認してから、タマは反対方向に駆けて行った。本当に苦手なんだな。ポチもふらりといなくなる。ユマは変わらず俺の側にいてくれる。遊びに行ってもいいのにと、いつも思う。

「卵、見せていただいてもいいですか」

「はい」

家に入った。念の為昨日の分を残しておいたので籠に四個入っている。

「うわぁ……大きいですね」

相川さんは感嘆の声を上げた。俺の手柄ではないのについ胸を張ってしまう。俺はガキか。

「あれから卵料理をいろいろ考えたんですけど、やっぱりトマトと炒めるのがいいと思うんですよね。さすがに生では食べられないでしょう?」

俺は頷いた。野山を駆けずり回って何を食べているかわからないニワトリの卵だ。TKG（卵かけご飯）を食べたいという欲はもちろんあるが、衛生環境が整っていない状態で生まれた卵である。そんな危険な真似はできなかった。（卵をよく洗えばいいということは知っているけど念の為である）

「ええ、さすがにサルモネラ菌が怖いですから」

「ですよね〜。卵、というと日本では普通に生卵が食べられますし、シティーハンターなんかでも出てきましたけど」

「ロッキーで生卵を飲むなんて場面がありましたよね。あれ日本だとうえーって程度ですけど、海外だと『死ぬ気か?』ってレベルでありえないみたいですよね」

　そんなことを話しながら今日作ってもらうメニューの確認をした。本当に相川さんが全部調理してくれるらしい。フライパンはここ、鍋はここ、調味料はここ、なんてことを伝えた後は待っているだけだった。後ろから見ているだけだったが本当に相川さんは手際がよかった。

「水餃子は冷凍ですが」

　苦笑しながら相川さんが水餃子と海苔のスープをうどんのどんぶりによそる。おかずはトマトと卵の炒め物、鶏肉とカシューナッツの炒め（腰果鶏丁というらしい）、青椒肉絲が並べられた。色とりどりでどれから食べようかと目移りしてしまう。

「こんな程度で申し訳ないのですが……」

「いえいえいえいえ！　豪勢ですよ、すごくおいしそうです！」

　味付けも抜群だし、女性だったら嫁にほしいぐらいだ。

　お互いにこにこしながら、「いただきます」と両手を合わせて食べ始めた。

「この卵……味が濃厚ですね。すごくおいしいです！」

　そうだろうそうだろう。うちのニワトリの卵は以下略。だから俺の手柄じゃないっての。

　鶏肉は養鶏場で買ってきたもののようだった。やっぱり味が違うと思う。料理はどれもとてもおいしかった。

「……食べすぎた……」

また食べすぎてしまった。あれもこれもおいしすぎる。中華料理は最高だ。もちろん、それらを作った相川さんがすごいんだけど。

「食べすぎちゃいましたねー」

そう言いながら、動けない俺に代わって片付けまでしてもらってしまった。なんか俺、ダメな亭主みたいだな。絶対に言わないけど。

「すみません、片付けまでしていただいて……。ありがとうございます」

「いいんですよ。誘っていただけてとても嬉しいんです。貴重な卵もいただいてしまって……。かといってうちじゃニワトリは飼えませんしね」

「そうですね……」

今飼ったらもれなくリンさんとテンさんの餌になるに違いない。

「たまに、またご相伴に与(あずか)ってもいいですか？」

「ええ。ほぼほぼ毎日産んでくれますから、またお誘いしますよ」

「じゃあ卵料理を調べておきますね」

そんな話をした後、お互い沈黙してしまった。俺もそうなのだが、相川さんも桂木さんのことを気にしてくれているようだった。

「……話せないんですよね？」

「許可が下りてないので」

相川さんは笑んだ。

「僕、佐野さんのそういうところ好きだなあ」

勘弁してほしい。見よ！　この鳥肌を！

「……やめてください」

明らかにぶつぶつしている腕をさする。

「あははは。その気はないですよ～、でも」

そこで相川さんは言葉を切った。

「佐野さん、すごく口が堅いじゃないですか。それだけじゃなくてかなり気遣いもされてますし」

「気遣いなんてできてませんよ……」

大雑把な自分に反省しきりだ。

「多分ですけど、桂木さんは佐野さんのこと好きだと思います」

「それはないです」

きっぱりと答えた。あの娘はできの悪い妹だ。

「そうかなぁ」

相川さんは苦笑した。

暗くなる前に相川さんはリンさんと帰って行った。バケツにはアメリカザリガニがいっぱい入っていた。どこにあんなにいたんだろう。

桂木さんの買い出しは明日だな。

「ごめん、明日買って持ってく」

とＬＩＮＥを入れた。

「相川さんといいちゃいちゃしてたんですね！」

怒ったような顔のスタンプと共に返信がきた。殺意が芽生えた。

……俺、もう手伝わなくていいかな？（冗談です）

その手の冗談は勘弁してほしい。そういうネタを振るならもう相手はしないよと言ったら、桂木さんに平謝りされた。全く、本当に妹がいたらこんなかんじなのだろうか。俺は相川さんとの会話を思い出した。

今日もまた相川さんとは会話が弾んでしまい、桂木さんに頼まれた買物をするにはちょっとという時間になってしまったのだ。桂木さんに買物を頼まれていて、明日届けるというような話をしたら相川さんははっとしたような顔をした。

「あ、そうだ。これ、桂木さんに渡してください」

「？　なんですか？」

茶色の包装紙に包まれた横長の箱である。

「チョコレートです。何があったかは知りませんが少しでも気が紛れればと思いまして」

……まめだよなぁ。こういうところがモテるんだろうなぁ。

「……相川さんが直接渡してあげればいいじゃないですか」

できないとはわかっていてもつい口から漏れてしまった。相川さんは苦笑した。

「……目の前で倒れたら困るので……」

そんなにやヴぁいのか。なんかかえって悪化してないか？　ちょっと相川さんが心配になった。

「渡すのはいいですけど、勘違いされるかもしれませんよ」

あの娘はいろいろ都合よく考えるから。本当の意味では勘違いしないだろうけど。

「……佐野さんからってことにしておいてください」

「ええー……」

なんか調子に乗りそうで嫌だ。どこかに妥協点はないだろうか。

「じゃあ……僕と佐野さんからってことにしましょう」

なんともいえないけどその方がへんな誤解はしないかもしれない。

「すみませんがそういうことにさせてください。おいくらでした？」

「何言ってるんですか。いただけませんよ」

せめて半額と思ったが断られてしまった。今回だってタマとユマの卵を提供しただけだし、世話になりっぱなしで困る。

「佐野さん、僕は佐野さんよりも年上なんです。そうでなくたって佐野さんにはお世話になっているんですから、たまには年長者らしく振舞わせてください」

お互いに世話になっていると思っているならいいのだろうか。

「……ごはん、おいしかったです」

「またうちの山にも来てください。あんな程度でよければいつでも作りますから」

まめで世話焼き。あんまり頼らないようにしないとなと自分を戒めた。

おっちゃんは母方の親戚（しんせき）の友人という、赤の他人だろっていう関係なのだが、面倒見がよくて家族ぐるみで付き合ってくれる。村での人々の関係というのは、なんだか大きな家族みたいだなと思う。おっちゃんとおばさんはまんま親戚のおっちゃんおばさんのようだ。

桂木さんはできの悪い妹だし、というような話を相川さんにしたら、

「じゃあ僕も佐野さんの家族ですかね。兄みたいなものになるのかな」

「……桂木さんという妹がついてきますが」

「……少し考えます」

妙齢の女性とは兄妹（きょうだい）ということにしても関係を持ちたくはないらしかった。なかなかに難儀なことである。


翌日、買物リストを見ながら買い出しをし、桂木さんの山の麓まで届けた。今回の付き添いもユマである。ユマは麓の草をつつきながら待っていてくれるようだった。

「佐野さんありがとうございます、とても助かります！」

「うん、あとこれ。俺と相川さんから」

チョコレートの包みを渡したら、桂木さんの顔がほころんだ。

「ええ〜？　ええ〜？　誕生日とかじゃないですよー」

「……怖くて山から出られないっていうから、気分転換にってさ」

「わー！　嬉（うれ）しいです、ありがとうございます！　次は相川さんも連れてきてください！」

「いいかげんにしなさい」

このやりとりも恒例になってきたな。

「ところで、昨日（きのう）はなんで相川さんが佐野さんちに行ったんですか？」

クーラーボックスに俺が買ってきたものを詰めながら桂木さんが聞いた。

「うん？　うちのニワトリたちが卵を産むようになったんだよ。それを食べてみたいって言うから」

「ええ〜⁉　ユマちゃんとタマちゃん、卵産むようになったんですか？　聞いてないですよ！」

「言ってないし」

「佐野さんが冷たい！」

伝えてもしょうがないしな。

「卵、私も食べたいです。持ってきてください！」

「い・や・だ！」

「佐野さんの意地悪！」

「いれものがないだろ。けっこうでかいんだよ。持ってくる間に割れたら困るし、あげる理由もない」

「ううう……ユマちゃんとタマちゃんのたまごぉ〜〜〜」

そんなに食べてみたいものだろうか。もちろん俺は毎日食べるけどな！

「食べたい食べたい食べたい〜〜〜」

「……うちの山に来れたら食わせてやるよ」

「ええ⁉　じゃあ行きます！」

即答だった。卵パワーおそるべし。

「……出て来れるの？」

「ああ、うう……でも卵食べたいです……」

「今日の分はもうないよ」

「じゃあ明日！　佐野さんちに行きますから迎えに来てください！」

「……ここまで来るだけならいいけど。帰りは送らないぞ」

「う、うーん……」

桂木さんは葛藤（かっとう）しているようだった。

ナギさんがここまで来る可能性があるだろうかと考える。桂木さんが以前住んでいた場所からだとここまでかなりかかるらしい。そうなると日帰りってことはないだろうから必ず町で一泊はするだろう。そう考えるとせいぜいこられても土日ではないかと思う。明日は平日だからさすがに村に来る可能性はなさそうだと思った。

「……明日、タツキと一緒に行きます」

「いいよ。ここまで来る」

これをきっかけに桂木さんが山から出られるようになるならそれでいい。何かあったらすぐ呼んでくれればいいのだ。

山に戻って、飲み物を飲んでから一仕事した。雑草はいいかげん休みを取った方がいいと思う。

15　天岩戸から出てきた理由は

雨が降っては繁茂し、晴れても生い茂る。生命力って素晴らしい。

……いいかげんもう少し遠慮しやがれ。

朝起きていつも通り朝ごはんの支度をして食べ、食べさせてニワトリたちを外に出す。何日か前に抜いたはずの場所がもう緑色をしている。うわー、生命力強いなー、すごいなー……。

ちょっと心配だったが今朝もタマとユマは卵を産んでくれた。産まなかったら桂木さんにすぐに連絡を入れるとは伝えていたが、その連絡はしないで済んだ。相変わらず無造作に土間に転がっている。

これっていわゆる排卵なんだよな。人間の女性にも一月に一回あるアレだ。それが毎日行われるのである。今のところまだ二羽は有精卵を産んではいないようだ。（確認はできないけどなんかそんな気がする）ポチとはやりとりしていないということだろう。うちのニワトリたちの子を育ててみたいと思うこともあるが、今のところはまだいいやとも思う。どうせだったら来年ぐらいに産んでくれたらいいな。

さて、タマとユマの卵食べたさに桂木さんが山から出てくるという。それはすごいことだ。すごいことなのだが……。

「昼飯、どうしよう……」

うちに来てくれるのは全然かまわないが昼食に何を振舞えばいいのか思い浮かばない。一品は卵を使った料理として、あとはどうしたら……とまで考えてから、俺は親子丼のレシピを検索した。そうだよ鶏肉も玉ねぎもあるじゃないか！　あとはみそ汁でも作れば完璧だ。材料の確認と、これならおいしいんじゃないかと思うレシピを見つけて肩の荷が下りた。鶏は養鶏場からもらってきた肉である。まだ冷凍したのがあったのだ。

「ふふふ……俺って、天、才、かも？」

某芸人の決め台詞みたいなことを呟いた時、何故か近くにタマがいた。とっくに遊びに行ったんじゃなかったのかよ。タマは冷たい目で俺を見ると、フイッと頭を巡らせて駆けて行ってしまった。

俺はその場にくずおれることしかできなかった。

いいじゃないかよー、たまにはそういうこと言ったっていいじゃないかー。

ユマがそんな俺にすりっと身を寄せてくれた。

「ユマあああ～～～」

ユマさんマジ天使。一生大事にします！

ユマをそっと抱きしめて羽を撫でる。しかしいつまでもそうしてはいられない。十一時にはそちらの麓まで行くと桂木さんにＬＩＮＥを入れて、畑と家の周りの手入れをした。もちろんすでに家の中は掃除機をかけてある。うん、完璧だ。

ほぼ時間通りに桂木さんの山の麓に着いた。金網の前に車を停めてＬＩＮＥを入れようとしたら桂木さんの軽トラが出てきた。

一旦下りてまた厳重に鍵を閉める。開けて行ってうちに帰ったら誰かいたなんてそんなホラーは嫌だ。うち、ちゃんと戸締りしてきたよな？　ちょっと心配になった。

「こんにちは、大丈夫？」

「……こんにちは。……大丈夫ではないですけど、卵食べたいので！」

卵パワー、素晴らしい。荷台にドラゴンさんが乗っていた。こうしてみるとかなりでかい。

「あれ？　タツキさん成長した？」

「ええ、今は全く持ち上がりませんよ～」

「？　じゃあどうやって……」

「鉄板のスロープを別につけて上がってもらいました」

自力で上って乗ってくれるのだからいいのだろう。

そういえば桂木さんがうちの山に来るのはこれで二度目だ。一度目はごみ拾いウォークの前だからそんなに前というわけでもない。あの時はニワトリたちのポンチョを作ってくれる為に寸法を測りにきてくれたんだった。わきあいあいとして、終わった後の打ち上げをどうしようかなんて話をしていたのに。

そう思ったらナギさんへの怒りがふつふつと沸いてきた。もちろん、桂木さんに悟られるような真似はしなかったけど。

うちの山の麓の柵の鍵を開けて中に入ってから鍵を閉めると、車の窓ガラス越しに、桂木さんのほっとしたような顔が見えた。ナギさんへの怒りが再燃した。

うちについて軽トラを下りると、桂木さんはうーんと伸びをした。

「あー、開放感！　あ、ポチちゃん、タマちゃん、ユマちゃん、タツキとお邪魔します。こちらで虫とか獣とか狩ってもいいですか？」

そしてすぐにうちのニワトリたちを見つけて大きな声でお伺いを立てた。って、ポチとタマも戻ってきてたのか。今日はただ呼びに行くだけだからとユマも置いていったのだった。きっとユマが呼びにいってくれたのだろう。本当にできたニワトリである。

ポチが近くまで寄ってきて、首を頷くように動かした。許可が下りたらしい。桂木さんはさっそくドラゴンさんを荷台から降ろした。もちろんスロープをつけて自力で下りてもらった。

「佐野さん、これ」

助手席に野菜を載せてきてくれたらしい。

「ええ？　悪いよ」

「いいんです。佐野さんは私を連れ出してくれました。お礼にもなりませんけど、もらってください」

「そういうことならもらっておくよ」

自分が一番たいへんだろうに、桂木さんも大雑把なようでいてかなりの気遣い屋だ。みんないい人だよなと改めて思う。だからこそ、外から来てかき回していく人の存在が許せなかった。

家に促す。ドラゴンさんはちょうどいい木陰を見つけて寝そべった。タマがまたドラゴンさんをつついている。いつのまにかポチの姿は消えていた。パトロールに戻ったのだろう。ユマはいつもと変わらず側にいる。

守りたいな、と漠然とだが思った。

家に入って卵を見るなり、桂木さんは目を見開いた。

「うわー！　大きいですねー、これで卵かけごはん食べたら幸せになれそう！」

そう言って桂木さんはちらりとこちらを見た。俺は首を振った。とんでもない。

「なんでだめなんですかー？」

「サルモネラ菌って知ってる？」

「んーと、卵についている菌、でしたっけ？　でも日本ではあまり聞きませんよ？」

「店で売っている卵は衛生管理がしっかりしているから生でも食べられるけど、うちのは山の中を駆け回ってるんだよ？　何を食べているかわからないし、殻もいちいち消毒してるわけじゃない。卵かけご飯は市販の卵でやってくれ」

「ええー……」

桂木さんは納得していなさそうだったが、「卵かけご飯が食べられるのは日本だけだぞ」と言ったらやっとしぶしぶ頷いた。で、ネットで見つけたよさげなレシピで親子丼を振舞った。

「おいしい～～～!!　何この卵、すっごく濃厚です！　売れますよ！」

「売らないよ」

毎日二個しか取れないんだぞ。俺が食うわ。

「うちもニワトリ……ううん、無理ね。多分タツキの餌になっちゃうし……」

どこの山でも変わらないらしい。（なんか違う）

「ひよこ生まれたらください！」

「餌になるからやだ」

「うわーん。卵おいしいよ～～」

みんなうちのニワトリの卵に夢中だ。でもあとはせいぜいおっちゃんとおばさんに振舞うぐらいだけど。これ以上二羽の卵を知らせる気にはなれない。だって俺の分が減る！

「おみそ汁もおいしい……」

今日はナスと油揚げのみそ汁だ。そろそろ夏も終わるけどナスっておいしいよな。そういえば秋ナスは嫁に食わすなって言葉があるけど、解釈がいろいろあって本来の意図がどれだかはっきりしないらしい。嫁いびり、とも言われるし、身体を冷やすから大事な嫁に食わすな的な意味もあるというし、実は「よめ」というのは「ネズミ」という説もあると聞いたし。まぁなんにせよナスはおいしい。

　桂木さんはみそ汁をおかわりした。

「うちもおみそ汁に入れてみます」

「使ったことなかったんだ？」

「はい。こういうのって親によりますよね」

　最近はインスタントみそ汁もあるし、自分の家で作る人も減っているのだろうか。俺は鍋で作って一日食べるから、作った方が楽だし経済的なんだけど。あ、でもそれは基本山にいるからか。

　酒もろくに飲まないし煙草も吸わないから思ったより金は減っていない。（別に毎月収入はあるし）でも冬になったら食費がどれだけかかるかわからないから、贅沢はしない方がいいだろう。

「……この間、山の下を歩いていたんですよね」

「そうだね」

　ごみ拾いウォークの時のことだろう。しんみりと言われたが、その落ち込んだ様子には気づかないフリをした。

「山から出られないって、情けないとは思うんです。でも、あの人とか、あのとんでもない親友とかに会ったらやだなって、そう思ってしまったら柵の外に出られなくて……」

「無理することはないよ」

「……そういえば佐野さんて、なんでこの山を買ったんですか？」

矛先がこっちにきた。まぁいずれは聞かれるんじゃないかと思ってはいたけど。

でも話すかどうかなんて俺の自由だし。

「んー、まぁなんとなく？」

そう答えたらジト目で見られた。

「……そういうことにしておきます」

「うん」

よっぽどのことがない限り話すつもりはない。

「タツキさんのことなんだけど」

「はい、なんでしょう？」

「タツキさんて冬眠するの？」

「うーん……あれを冬眠というのかどうかは……」

桂木さんは首を傾げた。

寒い季節には家の中に入れるようにしているという。ただ、陽射しのある日は冬でものそのそと外に出るらしい。で、寒くなると家の中に戻ってくるのだとか。なので冬の間は家に鍵をかけないようにしているらしい。

「元々そんなに動かないのでよくわからないんですよ。予防接種はなさそうですが、やっぱり一度獣医さんに診てもらった方がいいですかね」

「爬虫類はわかりづらいとは言ってたけど……一度ぐらいは診てもらった方がいいかもね」

「ですよねー。聞いてもらってもいいですか」

「うん、聞いておくよ。でも前にタツキさんってシカを捕ってたとか言ってなかったっけ?」

「ええ、獲物を捕る時はすごく俊敏に動くんですすよ」

「速筋が発達してるのかな……捕ってるところ、見たことあるんだっけ」

「……ええ。びっくりしました」

確かにびっくりするだろう。そういえば俺はポチたちがイノシシを捕ってきたのは見ているが、捕まえたところは見ていない。やはりカメラをつけた方がいいかもしれないと思う。あとで調べてみよう。

「森の、平地の部分にタツキがいて、じっとしているんです。あまりにも動かないから岩っぽく見えたのかシカが通りかかりまして……」

「捕まえられた、と」

待ち伏せで一瞬、ってやつか。生き物怖い。

「冬の間はタツキさんの食事とかどうしてた?」

「一応安い肉のブロックをまとめて通販しました。人間みたいに三食きっちり食べるわけではないのですが、冬の食費は肉代がけっこうかかります。それ以外は特にはかかりませんね。あと冬の間は基本私村にいるので、餌やりにたまに戻ってきたぐらいです」

やはり肉のブロックを買っておくべきか。今度相川(あいかわ)さんにも冬の過ごし方を聞いておこう。

桂木さんの帰り際、

「外、出れそうか?」

と聞いてみた。桂木さんは困ったような顔をした。

「……すみません、わかりません」

「買物してから帰るだろ？　俺も雑貨屋に用事があるからそこまでは行くよ」

桂木さんは更に困ったような顔をした。

「……佐野さんって……」

「何？」

ユマが一緒に来てくれるらしい。夕方まではまだ時間があるけど、子どもたちに会うかもしれないなと思った。

「なんでもないです」

うちの山の近くの雑貨屋で買物をして、お互いそこで別れた。桂木さんの手前買物をすると言ったが、雑貨屋で買ったのは豚バラ肉といつ買ってもいい缶詰ぐらいだった。桂木さんにうろんな顔をされたから付き添いの口実だということはバレているだろう。俺が安心したいだけだからそこらへんはほっといてほしい。

彼女の山の麓(ふもと)までついていってもいいが、それではいつまで経(た)っても外に出ることはできないだろう。念の為、麓に着いて金網の柵を開ける時は電話をかけろと言っておいた。それで通話状態にさせておいて無事敷地内に入れたら通話を切ってもらう。そうすれば異常があった時すぐにわかる。今日はドラゴンさんも一緒だから万が一ということはないだろうが、俺も心配だったからだ。

でも、ドラゴンさんがボディガードだと相手を始末してしまう可能性もあるのか。そうしたら一気に殺人事件になってしまう。サスペンスは二時間ドラマだけで十分だ。

そんなことにはなりませんようにとこっそり祈る。

そういえば桂木さんに打ち上げの話はできなかったし、事情を話していいかどうかも聞けなかった。

どちらにせよ焦ることはない。

家に着く前に電話が鳴ったから通話状態にして静かにする。山の途中に車を停めてユマの羽をゆっくりと撫でた。

何かをする音がいくつも聞こえる。それらの音に異常がないかどうか俺は耳を澄ました。車を動かす音がした。

そして、

「ありがとうございました。心強かったです」

そう言って電話は切れた。声の調子も普通だった。うん、俺もほっとした。

働いているのだろうし、またナギさんが来るとしたら九月の四連休だろうか。そこまで頻繁に来るとしたらナギさん自身が桂木さんに気があるんだろうな。俺にできることは何もないけど。

「ユマ〜、いろいろ面倒だ〜」

「メンドウダー」

うん、ユマはすごくかわいい。

九月の連休明けにじいちゃんの墓参りに行ってこよう。お盆に顔を出さないなんて不義理が過ぎる。ついでに実家に少しだけ顔を出そうと思う。生前贈与でもらった駐車場とマンション（ファミリータイプを一室）の家賃等は毎月振り込まれてはいるけど、様子は見に行った方がいいだろうし。もしかしたら結婚するかもだからって昨年の春にもらったんだよなぁ。マンションは職場からは遠かったから住むにはなぁとか失礼なことは思ったけど。贈与税は祝儀代わりに払ってやるからって。その後じいちゃんはぽっくりいっちゃったんだけど。じいちゃんなりにいろいろ察してたんだろうか。

慰謝料と貯金は山を買う時にほぼほぼなくなってしまったけど、そんな家賃収入でほそぼそと暮らしている。あ、もちろん株もちょっと買ってるし（付き合い程度だ）積立の保険もある。一番つらいのは税金の支払いだ。まぁしょうがないけど。そんなわけで俺一人ぐらいなら普通に暮らせるだけの金はある。基本的にかかっているのは食費ぐらいだし。つかニワトリたちもいるから意外とエンゲル係数が高い。冬になればもっと高くなるんだろう。贅沢は敵だ。とはいえ食費を削るってのはない。……削るとこないな。

トマトと豆腐、豚バラを醤油（しょうゆ）と砂糖の味付けで炒（いた）め、ごはんに乗っけて夕飯にした。みそ汁は昼の残りだ。一人だから丼にするのが楽でいい。なんでトマトって炒めるとあんなに柔らかい味になるんだろうな。油と合うのかな。

今日も日が沈んだ後にポチとタマが適度に汚れて帰ってきた。だから何をやってるんだよ。なんか最近洗ってほしくて汚れて帰ってきてるんじゃないかと思うぐらいだ。暑いから水浴びがしたいのかな。ビニールプールとか納戸にしまってあった気がするけど使えるかな。

「あー！　そこでぶるぶるするな！　俺が濡（ぬ）れる！」

ポチを洗った後、タマをタライで洗っている最中にポチが近くで水滴を飛ばした。まー汗だくだしタマを洗ったら脱ぐからいいんだけど。ポチは一瞬動きを止めたが、またすぐにぶるぶると水滴を飛ばし始めた。

「だーかーらー！」

わざとか？　わざとなのか？

タマを洗った後、タマはわざわざポチの近くでぶるぶるっ！　と水滴を飛ばし始めた。お互いに対抗するようにぶるぶるぶるしている。見てる分には面白いけどこっちにもかなり飛んでくる。

「えーい！　やめんか！」

大判のバスタオルで二羽を捕まえてわしゃわしゃした。なんでお前らそんなに嬉しそうなんだ。キョキョーッ！　とか変な声上げてるし。

「キョキョキョーッじゃないだろ、こらっ！」

どうにか羽を拭き、整えてやる。でかいからたいへんだ。

ユマがコキャッと首を傾げておとなしく待っていてくれた。二羽を家に入れ、ユマと風呂に入る。

うん、平和だ。

平和が一番だ。

風呂の中でユマに断ってからそっと抱きついた。ユマは怒らずじっとしていてくれる。

「ユマ、かわいいなー」

「カワイイナー」

「うん、かわいい」

……癒される。

うん、相川さんは本格的に株を運用しているみたいだから今度教えてもらおう。よし、収入増やしてみんなハッピーだ！　と思ったけど株はけっこう難しいのです。（ヘタレ発言）
地道に確実に稼げる仕事ってなんだ？　ライターとか？　って火をつけるアレじゃなくて文章書く人な。……俺に文才があるとはとても思えない。読書感想文とか大嫌いだったし。
まぁいいや、少なくとも明日のごはんはあるし。
というかんじでその日は過ぎた。

16　九月になって打ち上げをする

九月になった。

セミがとにかくうるさい。たまにポチがセミの死骸（しがい）を持ってくるのだが勘弁してほしい。

「……俺はいらないから」

その場で食べないで～。

本当にうちのニワトリはなんでも食べる。

日の出日の入りの時刻が狭まってきた。昼間の空気は夏だが、朝晩の空気は秋になってきたなと思う。幸いにも、あれからスズメバチは見ていない。この辺りにはいないんだろう。でも山の中で間違いなく営巣しているだろうから、冬になったら駆除しないといけないと思う。虫だの雑草だのとの戦いは終わらない。

少しだけ変化はあった。桂木さんがとうとう山から下りてくることにしたのだ。

明日おっちゃんちに行くことになっている。相川さんもがんばって顔を出すようだ。……あれはそう簡単にどうにかなるものでもないだろう。そしてまた俺は手土産に悩むのだった。


久しぶりにポチがマムシを捕まえた。どうしようかなと思ったけどくれるみたいだったのでもらった。おっちゃんにはちょうどいい手土産ができたが、おばさんには不評だろう。代わり映えしないが、雑貨屋でおいしそうな煎餅が売っていたので買ってしまった。

煎餅うまいよ？

俺は相変わらずいったい誰に言い訳をしているのか。

打ち上げということで当然酒が入る。そんなわけでおっちゃんちには夕方に向かった。今日の付き添いはタマとユマである。ポチはもうすっかり留守番を気に入ってしまったようだった。雑貨屋の前で珍しく子供たちに捕まった。

「タマちゃん？　ユマちゃん？　久しぶり〜」

「またおっきくなってない〜？」

「うちの妹ぐらいありそう〜」

やはり大きくなっているらしい。なんか怖くて体長も測っていないのだ。また獣医の木本さんに連絡をしてみよう。桂木さんもドラゴンさんを診てほしいって言ってたし。木本さんが養鶏場に来る用事があるといいな。

「ねー、にーちゃん」

「なんだ？」

俺は今のところ、子供たちにかろうじて「にーちゃん」と呼ばれている。ニワトリの貸し出しと、ごみ拾いウォークのおかげで村の子供たちにはかなり顔を覚えてもらった。ごみ拾いウォークでは相川さんが「イケメンのおじさん」と呼ばれてちょっとショックを受けていた。俺から見れば相川さんは十分「にーちゃん」だと思うのだが、子供たちにとっては違うのだろうか。ただ十歳未満の子たちからしたら俺も十分おじさんだろうしな。深く考えるのはやめよう。

閑話休題。

「またニワトリちゃんたちとごみ拾いやんないのー？」

「んー……今のところは考えてないな～」

「えー、またやってよー。ごみ拾い真面目（まじめ）にやるからさー」

「やろーよやろーよ」

「ＢＢＱ楽しかったー」

やってもいいけどちょっと参加者が多すぎて、思ったよりＢＢＱに金がかかったのだ。次やるとしたら赤字になるかならないかのぎりぎりの金額をとることになるだろう。そうしたらあまり人は集まらないと思う。あの時は一人三百円（一日分の保険料）だったから来てくれたのだ。

「何言ってんだ。学校あるだろ？」

「だからさー四連休でー、とか」

「勉強しろ勉強」

「えー」

　子供たちからブーイングされたが、あんなことを頻繁にやっていたらすぐ飽きられる。一年に一回ぐらいがいいのだ。四連休は見回りを増やすことにして、その結果を見てまた考えればいい。

　で、おっちゃんちである。桂木さんの軽トラがあって、俺はほっとした。来るとは言っていたけど本当に来られるかどうかはわからなかったから。今回はドラゴンさんを連れてきているはずだ。後で挨拶すればいいだろうと思い、呼び鈴を押してから玄関のガラス戸を開けた。

「こんにちはー、佐野です。って、うわっ！　びっくりした！」

　玄関のところにドラゴンさんが寝そべっていた。ガラス戸を開けた反対側だったが、かなり心臓に悪い。

「あ、タツキさん。こんにちは……」

　挨拶をするとドラゴンさんは目を細め、微かに頷いたように見えた。うるさかったですね、ごめんなさい。

「おー、来たか」

　玄関から繋がる居間のガラス障子が開き、おっちゃんが顔を出した。

「びっくりしただろう」

　いたずらが成功したような顔をしている。全く、楽しそうで何よりだ。台所にはおばさんと桂木さんの姿があった。

「ええ、びっくりしましたよ。これ、どうぞ」

「お！　マムシじゃねえか、いいのか？」

「ええ、ポチがくれました」

「今日は……ポチはいねえのか」

「はい、今日は留守番です」

「そっか。礼を言っといてくれよ」

「はい」

　おっちゃんは喜んでマムシの入ったペットボトルを持って玄関から出て行った。家の横の倉庫の棚にまたしまうのだろう。今どれぐらいマムシ酒があるのだろうか。三年ぐらい置かないとおいしくないようなことを言っていたけど。

「昇ちゃん、いらっしゃい。もう少し待ってね～」

「いえいえ、おかまいなく。煎餅、ここに置きますね」

「いつも悪いわね～」

　桂木さんにも笑いかけられた。この間も食材を届けに行ったのにすごく久しぶりな気がする。

「佐野さん」

「桂木さん、こんにちは」

「……佐野さんのおかげで出てこられました」

「……俺は何もしてないよ」

　そんなことを話している間に相川さんが来たようだった。今日は泊まりだから、例によってリンさんの付き添いはなしだ。おっちゃんと一緒にビールを持って入ってきた。

「こんにちは、お邪魔します」

「相川さん、こんにちは」

相川さんは桂木さんを見て一瞬固まったが、すぐににこやかに挨拶した。こればっかりはしょうがないのだろう。

「タマとユマは畑の方に行ったぞ」

「ありがとうございます」

暗くなったら戻ってくるだろう。うちのニワトリたちは本当に頭がいい。多分俺より頭がいいんじゃないかと思うぐらいだ。

居間に上がると、すでにコップと取り皿と箸、そして漬物が用意されていた。そこにビールを人数分置いて、

「おーい、先にやってるぞー！」

「はーい、どうぞー」

先に男たちだけでまず乾杯した。やっと一つ区切りがついた。そんな気がした。

「どんどん食べてねー」

唐揚げや天ぷら、刺身に煮物などがおばさんと桂木さんによってどん、どん、どーんと大皿で置かれていく。こんな山の中の村だが一軒だけ寿司屋があるのだ。そこでお造りを頼んでおくとこうして用意してくれるらしい。回らない寿司屋だから高いといえば高いが、年にそう何度も頼むわけではないからいいのだろう。俺も今度食べにいってみようかな。

料理が全て揃ったところでエプロン姿のおばさんと桂木さんが座った。改めて乾杯する。桂木さ

んは緊張したような面持ちでビールに口をつけた。

「集まれてよかったなぁ。桂木さん、体調はどうだ?」

おっちゃんが桂木さんに尋ねる。そう、一応出てこられない理由として体調が悪そうだとも言っておいたのだった。そうすれば余計な詮索もされない。

「ありがとうございます。……それなりに、回復しました」

身体はともかく心の不調はまだあるようだ。

「そうよねぇ、よかったわ。また一緒にお出かけしましょうね」

どうしたって台所仕事は女性がすることになるから、体調が悪ければこういったことへの参加を控えた方がいい。(あくまでこの村の場合は、である)

「ご心配をおかけして……」

「いいのよ~。昇ちゃんが見に行ってくれてたんでしょう?」

「はい。佐野さんにもお世話になりました」

「買い出しだの看病だのは元気な人にやらせればいいのよ」

「……ありがとうございます」

まだ桂木さんの顔は固いが、そのうち元に戻るだろうと思っていた。

「昇平、そういえばスズメバチはどうだ?」

「ああ、最近は見ませんよ。多分家の周りにはいないと思います」

「そうか。でも山だしな、間違いなく何か所か営巣してるはずだ」

「ええ、俺もそう思います」

十一月ぐらいになったら本格的に家の周りを探した方がいいとは思っている。

それはここにいる山持ち二人も他人事ではないはずだ。

「そういえば、桂木さんと相川さんのところはどう対処してるんですか？」

「うちは……」

桂木さんが先に口を開いた。

「多分巣はあると思うんですけど……もしかしたらタツキが食べているかもしれません……」

うわあ。ドラゴンさんさすがだ。

「見たの？」

「ええと……食べている最中ではなかったんですけど……スズメバチの巣の残骸が敷地内にけっこうあって……」

確かにそれはドラゴンさんっぽいけど他の動物の可能性はないんだろうか。

「スズメバチを食べる動物って、この辺りにいます？」

おっちゃんは難しい顔をした。

「そこの大トカゲが原因じゃなきゃ、十中八九クマだな」

「クマ⁉」

クマってプーさんのイメージだけど、ハチミツを食べるんじゃないのか？　でも蜂の子はうまいと聞いたことがあった。そういえば以前裏山にクマがいるかもしれないと言われたような気がする。

桂木さんは蒼褪めた。スズメバチも怖いがクマはもっと怖い。

「ク、クマ、ですか……」

「ただなぁ……クマがいればその他にも痕跡があるはずなんだよ。今度ナル山に見に行ってもいいかい？」

「はい！　是非！」

おっちゃんは好奇心の塊だ。

「クマの痕跡とかっておっちゃんわかるの？」

「門前の小僧だけどな。猟師に憧れて何度もついてったことがある。その時に聞いたことは忘れてねえぞ」

それは頼もしい。俺じゃそういうのさっぱり気づかないしな。

「じゃあ、俺も参加していい？　どういう状態なのか見たいから」

「佐野さんも来てくれるなら心強いです！」

桂木さんは少し泣きそうな顔をした。クマなんて言われたら不安でしかたないだろう。

「……じゃあ僕も行きます。一応猟師ですから」

相川さんも参加するらしい。もちろん猟期以外でどうこうすることはできないだろうが、イノシシを捕まえたり、クマの痕跡を確認したりすることはできるだろう。それによっては注意喚起もできる。

ちなみに相川さんの山のスズメバチはリンさんとテンさんが食べているらしい。口に入る大きさの巣なら丸飲みなのだとか。大蛇怖い。スズメバチに刺されてもびくともしなさそうだ。そもそもあの皮膚に針が通るんだろうか。大蛇最強説。絶対怒らせないようにしよう。

「……ってことはスズメバチの巣の確認はうちだけかー……」

「冬前でいいだろ」

「ですね」

うちの周りでは見ていないのだから、まずは桂木さんの山だ。

「そういやまっちゃんが、ごみ拾いウォークみたいなのをあっちでもやりたいと言ってたぞ」

おっちゃんが今思い出したというように言った。まっちゃんというのは養鶏場の松山(まつやま)さんのことだろう。

「養鶏場のところで、ですか?」

「ああ、ちょっと遠いがあの敷地だしな。けっこう人目につかないところだから捨てられる時は大物が捨てられるんだそうだ」

「それは迷惑ですね」

だから自分たちのごみ処理ぐらい、最後まで責任持って自分たちでしろよ。それともなんか会社ぐるみとかでやってるんだろうか。面倒くさい話である。

「話を聞きたいっつってたから今度顔出してやってくんねえか」

「わかりました」

あそこなら養鶏場だからBBQを用意するのもそれほど苦にならないだろう。絞めたばっかの鶏(とり)、おいしいよな。

もちろん俺たちは人集めの為(ため)にBBQも開催したがそこらへんは自由だと思っている。飲み物とおやつぐらいは用意した方がいいかもしれないが。

桂木さんは終始思いつめたような顔をしていた。話すべきか、話さざるべきかとずっと考えていたようだった。事件自体は解決したことになり、桂木さんは山に住んでもう憂いも何もないはずだったのに、誰かさんが引っ掻き回しにきている。その真意はどうであれ、桂木さんに会わせるつもりはない。だって彼女はこんなに傷ついているし、その誰かに怯えているのだから。

そして今も、すでにあったことをここにいる人々に話すかどうか悩んでいる。それは決して軽いものではないからだ。誰にでも起こりうるかもしれないけれど、決して起きてはいけないことだから。

結局桂木さんは夜のうちには話さなかった。

食べて、飲んで、話して、騒いで。そうして打ち上げの夜は過ぎて行った。


翌朝、なんか身体が重くて動かなかった。胸の辺りが重い。金縛りだろうか――って。

「タ、タマ〜〜〜！　お－も－い－！　どけ――――！」

何故かタマがのしっと俺の上に座っていた。でかいし重いしやめてほしい。コキャッて首を傾げてもだめなんだからな！

「うわ－……タマちゃんかわいい〜！」

俺を呼びに来たのか、桂木さんの声がした。襖は開いている。

「タマ－！　どいてくれ－！」

タマはよっこらせと俺の上からどいてくれた。その足の間から……。

「俺の上で卵を産むんじゃな－い‼」

コロリ転げた大きな卵。Tシャツ洗濯しないとな。とりあえずバッと脱いだら、「キャッ！」と声がした。まだ桂木さんがいたらしい。

「ああ、ごめん」

リュックから替えのTシャツを出してすぐに着た。桂木さんは、「もー、セクハラですよ！」なんて言って目を逸らした。それは濡れ衣だと思う。

周りを見回す。相川さんが寝ていた布団は丁寧に畳まれていた。相変わらずそつがない。

「ごはんかな？」

「はい、朝ごはんです」

「畳んだらすぐ行くよ」

タマはトットットッと桂木さんの脇をすり抜けて出て行った。後でしっかり掃除しないとな。

相川さんほどではないが丁寧に布団を畳んで顔を上げると、まだ桂木さんがそこにいた。

「何？」

「やっぱ男の人って……筋肉すごいですねー」

「そうかな？」

確かにこの半年で筋肉はついたと思う。最初の頃のように毎日筋肉痛とかなってないし。でもタマとユマが初めて卵を産んだ日みたいに無茶をすれば筋肉痛にはなるが。自分の腕を改めて見る。確かに言われてみると逞しくなった。筋肉は裏切らないってこういうことか。（なんか違う）

「山で暮らしてればそれなりにつくだろ」

「私、なかなかつかないんですよね」

そう言って桂木さんは腕に力を入れて力こぶを作ろうとした。うん、やっぱ女の子はあまり盛り上がらないな。桂木さんが筋肉つきにくいのかもしれないけど。

土間でタマとユマが野菜くずをもらって食べていた。タマが産んだ卵を持って行くと、おばさんは喜んだ。

「さっきユマちゃんも産んだのよ〜。けっこうな大きさだけど、これいただいていいのかしら？」

「ええ、どうぞ。二個しかありませんが」

「卵炒めでも作るわね〜」

おばさんはご機嫌だった。

「お願いします」

居間に顔を出すとおっちゃんと相川さんがお茶を飲んでいた。

「おはようございます」

「おはようございます、佐野さん。今朝は大丈夫でしたか？」

相川さんに聞かれて苦笑する。昨夜は桂木さんのことが気になってあまり飲んでいなかったのだ。

それに今朝のタマが乗っかっていた衝撃で酒が一気に抜けたような心地である。

「いや〜、起きたらタマが上に乗っかってて……」

「おお……それは重そうだな……」

おっちゃんがおののいた。

「うちは乗っかられたら死ぬなぁ……」

相川さんが苦笑する。大蛇が相川さんの上でとぐろを……。うん、圧死しそうだね。

「しかも人の上で卵産んだんですよ。どうかと思いません？」

「卵？　そうかそうか産むようになったのか！」

おっちゃんの顔が一気にほころんだ。

「はーい、おまたせ～。タマちゃんとユマちゃんの卵炒めよ～」

なんかそう聞くとタマとユマが親子丼の材料になったみたいでちょっと心臓に悪い。

「おお！　食べていいかっ⁉」

「どうぞ」

おっちゃんが子供のようにわくわくしている。一口食べて、

「むっ！」

もぐもぐもぐ、ごっくん。

「なんだこりゃ！　すっげえ濃くてうめえぞ！」

「あらそう？　じゃあ私もいただこうかしら」

おばさんがお茶漬けを持ってきてくれた。うん、飲んだ翌日は梅茶漬けがいいよな。

「あらぁ……おいしいわね～」

「昇平……養鶏、やんねぇか？」

「無茶言わないでくださいよ」

卵二個で我慢するべきだ。そうじゃなくたってエンゲル係数高いんだし。

みんなで争うようにして卵炒めを食べた。

「やっぱりおいしいですよね。うちもニワトリにすればよかったかなぁ」

「本当においしいです。でももうニワトリとか飼えませんしねー」

タマとユマの卵大人気である。さすがにもうニワトリは飼えないだろうと相川さんと桂木さんが嘆息した。間違いなく卵を産む前に餌になりそうだ。

「まぁ家で食う分にはいいよな。さすがにうちも飼えねえしなぁ」

村だと敷地が広いといってもお隣さんの迷惑になる場合もある。運動不足だと夜中に起きて鳴くこともあるし。ニワトリの鳴き声はけっこう響く。だから松山さんだって山で養鶏をしているのだ。

「そうね〜」

「卵産むようになってよかったな」

「ええ。毎日幸せですよ」

毎朝産みたて新鮮卵が食べられるのだ。これ以上の贅沢はないだろう。

おっちゃんは少し考えるような顔をした。

「昇平、この卵他に食べさせた人はいるか？」

「いいえ？　相川さんと桂木さんぐらいですよ」

「それならいいんだ。これはうますぎる。他の奴らには知られないようにしろよ？　世の中にはいろんな人間がいるからな」

「……わかりました」

卵欲しさにタマとユマが誘拐でもされたらたまったものじゃない。自慢したいのはやまやまだが、ここだけの秘密にしておいた方がいいだろう。おっちゃんたちに食べてもらえてよかったと俺は思った。

飲んだら乗るなってことで。おっちゃんちでのんびりして、夕方になる前に帰った。

結局桂木さんは話さなかった。それはそれでいいと思う。この先誰かさんが二度と来なければフェイドアウトする話だし。

帰宅して、日が落ちた頃にポチが戻ってきた。相変わらず汚い。俺が山にいる時はそれほど汚くはならないのだが、いないとなると暴れるのか。フィーバーってヤツか。意味わからん。

ポチに水浴びをさせて洗っていたらタマがトトトッと近づいてきた。

「ん？　タマも水浴びするか？」

「スルー」

やっぱり暑いんだろうな。

「わかった。ちょっと待ってな」

ポチをよく洗って、離れたところでぶるぶるするように指示してからタマも洗った。すごく気持ちよさそうである。ちなみに、納戸で見つけたビニールプールには盛大な穴が開いていた。残念だったが処分した。来年は買ってやろうと思う。でもけっこう鉤爪（かぎづめ）が鋭いからすぐに穴を開けられちゃうかな。そこらへんはまたおいおい考えよう。

二羽を洗ってから夕飯にした。秋ナスをもらってきた。来年は俺ももっと畑を拡充しようと思う。

小松菜はまだまだ採れるがキュウリはもう終わりの時期だ。収穫を怠ってでかくなりすぎたキュウリを採って適当な大きさに切る。一部は炒めて食べるがそれ以外はニワトリの餌だ。

「やっぱウリなんだなー。種でけえ」

まぁ炒めれば食えないことはないんだが、育ちすぎたキュウリの種はあまり食べたいとは思わない。

「ひまわりも植えればよかったなぁ」

確か種を炒れば食べられるはずだ。かつての同僚がわざわざ買ってきてポリポリ食べていた気がする。ヒマ潰しとか、ＴＶ見ながらとかなら最適だろう。

来年の栽培計画を考えながら、夕飯を終え、ユマと風呂に浸かった。ユマと一緒ってのがいいんだよな。

幸せだなとしみじみ思う。ここにいれば俗世のことは忘れていられる。

たまにふと思い出してしまうのがとても嫌だ。もう俺の心をかき乱す誰かはいないのに。

たまらずユマをぎゅっとした。ユマはただ寄り添ってくれる。

「……ユマ、ありがとうなー」

ユマはコキャッと首を傾げ、風呂から上がった後はトトトッと土間に移動した。ふかふかの羽毛の三羽が土間に座っている。見た目すんごくかわいい。……規格外の大きさだけど。

思わず写真を撮って相川さんに送ってしまった。で、送ってからはっとした。俺は女子か。

「かわいいですね」

すぐに返信があった。本当にごめんなさい。ペットの写真とか送ってこられても困るだろうなぁと思ったら、リンさんとテンさんの画像が送られてきた。

うわ、すげえ。クリーチャーっぽい。怖い。

でもこうしてまじまじ確認してみると、鱗の模様がすごくキレイだ。いつまでも見ていられるなと思う。なので、

「鱗、キレイですね」

と返した。もしかしたら相川さんもペットの画像とか見せ合いっこする人がほしかったのかもしれない。

ちょっと和んだ。


翌日、いろいろなところに連絡をした。桂木さんがドラゴンさんを診てもらいたいと言っていたから、獣医の木本さんに電話をした。養鶏場の方に行く用事があるかどうか尋ねると、ちょうど様子を見に三日後に行くという。ならばそれに合わせてドラゴンさんを診てもらうことができるかどうか、松山さんにも場所の提供なども含めて電話をして聞いてみた。あれもこれもで頭がこんがらがりそうである。

「でっかいトカゲかぁ。いいよ〜、その時にでもごみ拾いウォークの話を聞かせてくれるかい?」

「はい。何時頃にお伺いすればいいですか?」

「お昼に合わせておいで。ごはん食べていきな〜」

「いつもありがとうございます」

「気にしなくていいよ。若い人と関われるのが楽しくてしかたないんだから。またニワトリたちも連れてくるだろう?」

「はい、ご迷惑でなければ」

「全然迷惑じゃないよ。前に来たお友達も連れておいで」

ということで桂木さんだけでなく相川さんも一緒に行くことになった。相川さんに連絡すると、

「行くのは全然かまいませんが……できれば佐野さんの隣に座らせていただけると……」

「そこらへんは大丈夫ですよ」

桂木さんが苦手なのか、それともやっぱり妙齢の女性が苦手なのか悩むところではある。どちらにせよ、俺はサポートするだけだ。

あっちに連絡し、こっちに連絡し、おっちゃんにも報告し、となかなかに忙しかった。

養鶏場の用件が済んだら、そう日を空けずに桂木さんの山に行くことになった。なんだかんだいってイベント盛りだくさんである。

電話だのＬＩＮＥだのしただけなのにかなり疲れた。こんな時はタマとユマの卵に限る！　と思ったが今日は排卵調整日らしくて産んでくれなかった。切ないよ、やる気が出ないよ。

朝あからさまにがっかりしてたらタマにこれでもかとつつかれた。ごめんなさいごめんなさい。

ユマはよくわかっていないようでいつも通りだった。

「さー、草むしりすっか……」

こんな時間なので日陰を主に草むしりしようと、今日も雑草と格闘するのだった。そろそろいいかげん塩撒(ま)いて枯らしたい。

17　養鶏場に大集合してみる

山の上の墓を見に行ったり、雑草抜いたり、川を見に行ったり、雑草抜いたり、道路の確認をしに行ったり、雑草抜いたりしてたら養鶏場に行く日になった。雑草め、枯れたらまとめて焼いてやるから覚悟しろ。あ、もちろん風のない日限定で。天気予報があてになるといいけど。

松山(まつやま)さんちへの手土産(てみやげ)は連名で相川(あいかわ)さんが用意してくれることになった。あそこのおばさん相川さん大好きだし。そうでなくても相川さんの手土産が一番洗練されている。

松山さんちに着くと桂木(かつらぎ)さんがもう着いていた。ドラゴンさんが降りていて、獣医の木本(きもと)さんがとても嬉(うれ)しそうな顔をしている。

「あ、佐野(さの)君。こんにちはー」

「こんにちは、松山さん、木本さん。桂木さん、もう来てたんだね」

松山さんが声をかけてくれた。桂木さんは俺の顔を見るとほっとしたような表情をした。知らないお宅だし、緊張もするだろう。

「タツキさん、こんにちは」

ドラゴンさんに話しかけると目を細めて頷(うなず)かれた。うん、相変わらず落ち着いている。うちはユマとタマを連れてきた。ポチにも行かないかと声をかけたのだが養鶏場イコール注射と覚えてしまったのか逃げて行った。次接種するとしたら飲水接種だろうからまぁいいんだけど。

「いやあ、こんなキレイなお嬢さんと知り合いだなんて、佐野君も隅に置けないね〜」

松山さんが茶化して言う。

「それセクハラですからね〜」

笑顔で言って、「タツキさん、今日もユマとタマが一緒です」と連れを明らかにした。

「ええ〜、そうなのかい？　参ったなぁ。ごめんね」

松山さんは頭を掻いた。

「タツキさんだっけ？　診せてもらってもいいかな」

木本さんが桂木さんに許可をとって話しかけた。ドラゴンさんは鷹揚に頷いた。

「では診させていただきますね〜。体長は二メートル五十センチ……体重は、と。最近何か大物は食べましたか？」

「すみません、いつも勝手に動いているので何を食べているかあまり把握していないんです」

「んーじゃあいいかな。どうしても重さを測りたくなったらS町まで来てください。多分最低でも七十キログラム以上はあると思う。あんまり重い場合は食べた獲物の重さも反映されてる可能性があります。歯磨きをした方がいいかな。爬虫類ってわかりづらいんだよね。一応異常はなさそうです。何かあったら連絡してください」

「あ、ありがとうございます」

木本さんは、手際よくドラゴンさんのあっちに触れたりこっちに触れたり口を開かせたりして健康診断を終えてしまった。

「気になることはありますか？」

「あの、私タツキを縁日の屋台で買ったんです」

「ほうほう」

なんか木本さんの目がキラーンと光ったように見えた。

「その時は本当に小さくて、十センチメートルぐらいしかなかったんですよ。だからただのトカゲかなと思っていたら、二年でここまで育っちゃったんです」

「それはすごいですね」

十センチメートルがどうやったら二年で二メートル五十センチまで育つのか聞いてみたい。

「十センチメートルとなるとコモドドラゴンでもありえない大きさですね」

「コモドドラゴンではないのでしょうか？」

「多分そうじゃないかと思うんだけど、ワニっぽくも見えるし、どちらかというとトカゲっていうより恐竜に近いかなぁ」

「恐竜、ですか……」

桂木さんは困ったような顔をした。

「この村の屋台で買ったんだよね？」

木本さんの話し言葉がめちゃくちゃだ。丁寧になったりなれなれしくなったりと忙しい。

「はい。夏の屋台で買ったんです」

「佐野さんちのニワトリたちもそうだったっけ？」

「うちは春祭りですね」

「うーん、ミステリーだねー。桂木さんの大きなトカゲは恐竜っぽい。佐野さんちのニワトリたちは羽毛恐竜っぽいし。屋台を出した人を探しにいきたいぐらいだよ」

「確かに不思議ですね」

そんなことを外で話していると、やっと相川さんの軽トラが着いた。

「すみません、遅くなりました！」

助手席にはリンさんが乗っている。まだ暑いけど窓を開けておくかクーラーをつけておけば大丈夫なのかな。

「遅くないよ～。相川君もいらっしゃい」

松山さんがにこにこしながら応えた。

「こんにちは」

「こんにちは～」

挨拶をして助手席の方に回る。

「リンさん、こんにちは」

「サノ、コニチハ」

美人の無表情。下半身が蛇だと知らなければけっこういける。

獣医の木本さんと相川さんが会うのはこれで二度目だ。相川さんがにこにこしながら木本さんに挨拶していた。

「こんにちは」

「こんにちは。そういえば相川さんも山持ちだっけ？　前回は聞かなかったけど、こちらのお二人みたいに規格外のペットはいないのかな？」

「規格外、ですか……」

相川さんは面食らったようだった。そしてドラゴンさんとうちのニワトリたちを見る。

「ちょっと失礼」

そう言ってスマホを操作しだした。そして、

「こんな大蛇なら飼っています」

テンさんの写真を木本さんに見せた。

「ああ！」

木本さんがいきなり大声を上げた。ニワトリたちが迷惑そうな顔をする。

「もしかして前に蛇の予防接種はないかって電話してきてくれた人かな？」

「よく覚えてましたね」

「うん、珍しいこと聞くなと思って覚えてたんだよね。そっか、大蛇かぁ……なんかニシキヘビっぽく見えるけど、ちょっと模様が複雑だよねぇ……」

どうやら以前相川さんが予防接種のことで電話した相手も木本さんだったらしい。N町にも獣医はいると聞いたけどそっちじゃなかったんだな。

「あら～？　みんな揃(そろ)ってるなら入ってきなさいよ～」

家の中からおばさんが出て来て声をかけてくれた。立ち話もなんなのでお邪魔することにした。

ドラゴンさんは家の横の影になっているところに寝そべり、タマは遠くへツッタカターと駆けて行き、ユマはリンさんの側(そば)に移動した。動物たちは養鶏場の建物に近寄らないように言われたのをよく聞き届け、思い思いに過ごすようだった。

「相川君は……彼女さん、本当にいいの？」

相川さんから手土産の箱を受け取って、おばさんが心配そうに聞く。

「人見知りが激しいので、すみません」

「でも一緒には来るのね。健気だわ～」

そういうのがおばさんは好きらしい。相川さんは苦笑した。

「そうですね。それにすごく嫉妬深いので、佐野さんの側にいることにします」

「その方がいいわね。桂木さんだっけ？　かわいいわねぇ……」

俺には誰もなんの感想もない。うん、平々凡々だしな。普通が一番だ。別に悔しくなんかないんだからねッ！

居間は人でいっぱいになった。おばさんが煎餅と漬物、そして人数分のお茶を出してくれた。

「木本さんは今日は？」

「ニワトリたちの様子を見に、定期的に来てるんだよ。君のところのニワトリたちも好きだなぁ。後で診せてもらっていいかい」

「はい、ありがとうございます。助かります」

ここのニワトリたちは食肉用だ。病気になんかなったら出荷できなくなるから、定期的に診てもらっているのだろう。

「で、ごみ拾いウォークのことなんだけど」

「はい」

松山さんに促されて、相川さんと開催に至った経緯、スケジュールなどを説明した。

「へえ、ニワトリと一緒にごみ拾いかぁ。佐野さん考えたねぇ」

木本さんが感心したように言った。

「知らない人が来ることを考えてファスナーをつけるか……。確かにその方が安全かもね。今の人たちは勝手に写真撮ったりするからね～」

「そうなんですよね。何も断らずに写真をばしばし撮るので怖いなって思いました」

「スマホ普及の弊害だね」

写真機能付き携帯電話からかな。写真を撮る時にはせめて一言断ってほしい。

「随分参加者がいたのねぇ」

「参加費は保険分の三百円だけいただきました。初めての試みだったので、一日参加しても三日参加しても三百円にしました」

「保険って三日分もカバーできるの?」

「いえ、一日三百円ですよ」

「それはしっかり徴収した方がよかったんじゃない?」

おばさんは眉(まゆ)を寄せた。

「そうですね」

それぐらいは徴収してもよかったかもしれない。不法投棄を処理する費用を考えたら、なんて考えてしまったのがいけなかったかもしれない。

「またやる予定はあるのかな?」

松山のおじさんに聞かれた。俺は相川さんと桂木さんを見やる。

「……そうですね。九月の連休の様子を見て、というところです」

相川さんが答えてくれた。

「そうだね。今年は四連休だもんなぁ。連休はいいけど、不法投棄が増えるのが困るところだね」

「基本は現行犯逮捕でないといけませんしね」

どこの山でも困る問題のようだ。

「不法投棄っていえば、鳥居をつけたら不法投棄されなくなったとかって話を聞いたことがあるよ」

木本さんが言う。その話は俺も聞いたことがあった。

「僕も聞いたことはあります。ただ、全く効果がなかった場所もあるらしいので、設置するならばかなりしっかりしたものを作った方がいいでしょうね」

相川さんが冷静に答えた。松山さんが首を傾(かし)げる。

「効果がなかった場所って、どんなかんじだったんだろうね？」

俺も気になってスマホで検索した。場所柄もあるだろうが、形と色が鳥居なだけの、木の枝を組み合わせて作ったようなものを設置したみたいだった。これではさすがに効果も出ないだろう。どうせ作るなら小さくてもきちんとした物を作った方がいい。

「こんなちゃちなかんじだったみたいです」

松山さんに見せると、「これじゃあねぇ」と納得したようだった。

そうだ。

「……ごみ拾いウォークもいいですけど、鳥居作りを子どもたちに手伝ってもらうってどうですかね？」

木材はいくらでも出せる。間伐材を使えばいい。それを板状に切って、色塗りや木組み、〜〜神社の名前や文言などは子どもたちに考えてもらうとか。で、最後にしめ縄をかければ実際に不法投棄が減るんじゃないだろうか。

「それはなかなか面白そうだね。ちょっと考えてみようか」

「はーい、ごはんよ〜」

おばさんが料理とホットプレートを運んできてくれたので一旦(いったん)話を止(や)め、みんなで鶏(とり)料理に舌鼓を打った。うん、新鮮な鶏肉はおいしいな。

うちのニワトリは絶対絞めないけど。(何度も言うが間違いなく返り討ちに遭う)

唐揚げうまい。なんでこんなにうまいんだろう。自分で実際やってみると、下味をつけるのは唐揚げの素(もと)でいいんだが、油の温度調節はたいへんだし、ちょっと油断すると黒焦げになるし、でも中は生焼けなんてこともあるので難しいなと思った。俺が実家で習った作り方は一度何分か揚げてから出して、熱を中まで浸透させてからもう一回揚げるという二度揚げ方式だ。これなら中が生焼けなんてことにはならない。作るのはそれでいいが、油の処理はたいへんだし台所は油まみれになるしであまり揚げ物はやりたくない。油ポットとかも持ってないから、うちではやらないだろう。村のおばさんたちはよく揚げ物を出してくれるが、いつも頭が下がる思いである。唐揚げも天ぷらも全(すべ)ておいしいです。いつもありがとうございます。

今回もホットプレートでタッカルビを作ってくれた。辛い、うまい。ごはんが進む。みんな争うようにして食べた。

そういえば、と気になっていたことを松山のおばさんに聞いてみた。

「おばさん、揚げ物ってけっこうします？」

「そうね。揚げちゃえばいいんだから楽なもんよー」

それは揚げ物を作るのに慣れているから言える言葉だろう。いつもおいしくいただいています。

ありがとうございます。

それはそうなんだけど、そうじゃなくて。

「油の処理とかどうしてますか？」

「油？　うちは石鹸にしてるわよ」

「石鹸、ですか？」

そういえば石鹸て油で作れるんだっけか。油を落とすものなのに油から作られているとはこれ如何に。

「うちはほら、山だから木材も雑草もいくらでもあるじゃない？　だから苛性ソーダなんか買わないで炭を使ってね」

苛性ソーダは劇薬である。取り扱いにはくれぐれも気を付けてほしい。

「炭を混ぜるんですか？」

「違う違う、炭を水に浸けた上澄みの灰汁を使うのよ。ただ市販の石鹸とは違って柔らかいのができるけど」

「おばさん、そこのところ詳しくお願いします！」

桂木さんが食いついた。

俺自身はあまり揚げ物なんかやらないが、いざという時の為の処理方法は知っておいた方がいいだろうと、相川さん、桂木さんと共にメモを取った。石鹸だけでなくアロマキャンドルなども作れるらしい。桂木さんが目を輝かせていた。こういうところって女子だなぁと思う。

「湯本のおばさんもそうですけど揚げ物ってけっこうしますよね。みなさんこういった処理の方法を知ってるんですか？」

「人によるかもしれないけど……湯本さんなら知ってると思うわ。一緒に石鹸作りもしたことあるし」

「そうなんですか」

そういえば養鶏場を教えてくれたのもおっちゃんだ。村の人たちはほぼみんな知り合いってのは本当だな。

「まぁでもね。うちは自己流だからちゃんとした作り方を調べた方がいいと思うわ。なんかあったらたいへんだしね」

「ありがとうございます」

アロマキャンドル作りはしないだろうが、石鹸は作ってみてもいいかもしれない。廃油自体あんま出ないけど。揚げ物やんないし。

「相川君、今度大蛇見せてよ。健康診断ぐらいはするよ～」

「ありがとうございます。また改めて連絡させていただきます」

木本さんに声をかけられて、相川さんは丁寧に応じた。大蛇を見てもらうっていってもテンさんだけになるだろう。大体二人とも（テンさんとリンさんはなんか二人って言いたくなるのだ）似たような場所をパトロールしているなら食生活も似ているのではないかと思う。って、これは素人考えだけど。

「木本さん、そういえばワクチンの飲水摂取の件なんですけど」

いつにしたらいいものかと改めて聞いておくことにした。木本さんは少し考えるような顔をした。

「うーん、しておいた方がいいとは思うんだけどね。佐野さんちのニワトリたちって、便が緩くなったりとか、便に何か虫みたいなものが混ざっていたりしたことがあるかい？」

「何か、ですか？」

思い出してみる。夜から朝にかけては土間に段ボールを敷いたところをトイレにしているが、特に気になったことはなかった。外で好きなように駆け回っていろいろ食べているから寄生虫とかも覚悟していたんだけど、そういったものが混じったのを見たことがない。（便はしっかり確認するようにしている）

そのことを伝えたら木本さんはしきりに首を傾げた。

「佐野さんのところのニワトリたちの胃が余程強靭（きょうじん）なのかな？　あ、それかヨモギとか生えてるのをよくつついていたりするかい？」

「ヨモギ、ですか？」

言われてどの葉っぱだろうかと考える。本当に俺は植物の区別がほとんどつかない。おばちゃんが摘むのを手伝ったことがあったが、あの緑色の葉っぱだろうか。

「ほら、あれだよ」

ちょうどタマがつついている葉っぱを、木本さんが指さした。

「ああ、あれですか」

「そう、あれ」

「あれならうちの周りにも群生してますね」

シロツメクサもよくつついているが、ヨモギも食べている気がする。

「ヨモギってそういえば、殺菌作用があるんでしたっけ？」

「うん、あるね。日本のヨモギには駆虫効果はないはずなんだけど、ニワトリに食べさせると回虫とかに効果があるみたいなんだよ」

「へー」

「まぁヨモギは日本でも虫下しにいいなんて言われて民間療法でも使われていたから、駆虫効果のある成分以外の何かが作用しているのかもしれないけどね」

生き物の身体（からだ）は不思議なものだと思った。

ちなみに、日本初の国産回虫駆除薬に「サントニン」というものがあり、その名のサントニンという成分はヨーロッパ原産のミブヨモギから抽出したものを使っているそうだ。残念ながら日本に生息するオオヨモギにはサントニンは含まれていないらしい。でもうちのニワトリには効果があるのかもしれない。

俺、雑草と間違えてヨモギ引っこ抜いてないよな？　と少し心配になった。帰ったら確認してみよう。

ただ、うちのニワトリたちにはミミズは食べないように伝えているということを木本さんに言ったら変な顔をされた。（ニワトリ自身食べないようにしているみたいだが念の為である）

「……佐野さんのところのニワトリたちがそれをきちんと聞いているのだとしたらそのせいかもし

れないね。鶏回虫はミミズを食べて寄生することが多いんだよ。もちろんミミズ以外からのルートもあるんだけどね」

「えええええ」

土壌の為にミミズを食べないように伝えていたけど、そんな効果もあっただなんて知らなかった。別にうちのニワトリたちの為に食うなと言っていたわけではなかったのだけど、結果的によかったんだな。今後もミミズは食べないように言っておこう。

聞いてくれるかどうかはニワトリ次第だけど。

餌には今後ヨモギも混ぜるようにしようと思った。やはり獣医さんと話すといろいろ勉強になる。今回残念ながら謝礼は受け取ってもらえなかったが、次診てもらうことがあったら多めに渡そうと思う。

「鳥居の件どうするか考えてみるよ。みんないろいろ考えてくれてありがとう」

帰る頃、松山さんがにこにこしながらそう言った。

「試しに一基作ってみますか？　それで効果がありそうなら、でもいいでしょうし」

いっぱい作ったはいいけど周りにごみを捨てられたりしたら悲しすぎる。

「そうだね。その時は手伝ってくれるかい？」

「はい、その時はまた声をかけてください」

「心強いなぁ。その時はよろしくね」

「いえいえ、不法投棄は本当に困りますから」

帰り際に鶏肉を買わせてもらった。いくつか冷凍しているのがあるというのでそれを。絞めたばかりでなくても十分おいしいので、相川さん、桂木さんも買っていた。

木本さんはもう少し残るようだ。相川さんの軽トラを先頭に、真ん中に桂木さんを挟み、桂木さんの山経由で帰ることにした。警戒はいくらしてもしすぎるってことはない。

「相川さん、佐野さんも、本当にありがとうございます」

「気にしないでください。困った時はお互い様ですから」

相川さんは視線を遠くにやりながら答えた。気遣いたいとは思っているが身体がいうことをきかないというかんじだ。難儀なことである。相川さんの不審な様子に、桂木さんは相川さんの軽トラを見て納得したように頷いた。ふと桂木さんの視線の先を見ると、無表情でこちらを見ているリンさんの姿があった。リンさんの姿は擬態だから、見た目はキレイな女性だが表情は一切動かない。それが余計に嫉妬にかられた女性っぽく見えるのかもしれなかった。つってもリンさんの視線の先は相川さんっぽいけど。

そういえば、夜見た時怖かったな～。

一番最初に会った時のことを思い出してぶるりと震えた。あれはへたなホラーよりよっぽどやばかった。心臓が弱かったら止まっていたかもしれない。

気を取り直して、近くにいたユマにタマを呼びにいってもらうよう頼んで無事軽トラに乗せた。でもユマもよくタマがいる場所がわかるな。事前にどこどこに行ってるとか伝えているんだろうか。多分してないと思うけど。

「桂木さん送ってから帰るからなー」

帰りのルートを先に知らせて軽トラに乗り込む。ユマは助手席だがタマは荷台で座っている。座布団を敷いた上で、羽にもふっと埋まっている様子がとてもかわいい。冬になったらもっともこもこするのかな。まだ秋になったばかりだが想像したらわくわくしてきた。

そうして俺たちは桂木さんを山の麓まで送った。

「今日は本当にありがとうございました」

桂木さんは律儀に頭を下げた。桂木さんの軽トラが柵の向こう側に入り、鍵をしっかりかけたことを確認してから俺たちも帰路についた。今回もなかなかに有意義だった。

18　秋の四連休は直接対決

それから、九月の四連休までの日々も怒涛のようだった。

桂木さんのところのドラゴンさんがシカを獲ってきてくれてみんなに振舞ったりとか、その間に俺が手を怪我して相川さんが超過保護なイケメンオカンになっていたりしていた。一応四連休までに手の怪我は治った。よかったよかった。だがその話について今回は割愛させてもらう。

実のところ、俺はずっとナギさんのことが気になっていた。もし、ナギさんが桂木さんに懸想しているとしたらこの四連休の間に来るのではないかと思っていたのだ。

四連休になった途端母親から帰省を催促するＬＩＮＥが入った。お盆は結局じいちゃんの墓参りに行かなかったしな。

「四連休は避けて平日に行く」

と返事をしたら電話がかかってきてため息をつかれた。母親の気持ちもわかるがもう少し放っておいてほしかった。

四連休中はみな不法投棄対策を兼ねて山菜採りをしていたらしく、あっちこっちから声をかけられた。

相川さんちにお邪魔したり、桂木さんちにお邪魔していろいろごちそうになったりしていた。え？　俺は山菜採りはしないのかって？　『ポケット山野草』なる図鑑は持っているんだが、本の写真と実際見た物を一致させる能力が俺にはないらしい。そんなわけでごちそうになるだけだった。

結局このまま何事もなく過ぎるかと思っていた四連休最終日。

とうとう事態が動いた。

その日も早い時間から山菜採りするからとおっちゃんたちからメールがあった。みんな元気だなと感心してしまう。

今日はポチとユマを連れておっちゃんちでお昼ご飯をごちそうになることになっている。ああもう手土産(てみやげ)どうすっかなーと、桂木さんの山に近い方の雑貨屋に行ったら会いたくない人に会った。嘘(うそ)だろ、と思った。

そのまま回れ右したかったがそういうわけにもいかない。

「ええと……佐野(さの)さんでしたっけ？　こんにちは」

名前とか覚えてなくていいです。帰ってください。

「こんにちは……ええと……顔は覚えてるしどんな話をしたかも覚えてるんですけど……」

「ナギです」

「ああ、ナギさん！　今日はどんなご用事で？」

何を持って行けばいいかなー。やっぱ肉かなー。雑貨屋の冷凍庫を外側から物色する。クーラーボックスがあるといってもぎりぎりまで出したくないし。

「人探しです。時間がなくて、今日だけどうにか来れたんですけど」

「見つからないんですか？」

何気なく聞いてみる。

「……どこに住んでいるかはだいたいわかっているのですが……そう簡単には会えなそうなんですよね」

なんかちらちらと見られているが俺は気づかないフリをした。

「連絡先とか知らないんですか？」

「ええ、知らないから困っているんですよ」

知らないなら諦めろよ。こんなに頻繁にやってくるなんて普通じゃない。やっぱりこの人は桂木さんが好きなんだろう。でも桂木さんは嫌がっている。

「それはたいへんですね。それじゃ」

豚肉のブロックを買って雑貨屋を出た。雑貨屋のじいさんも困ったような顔をしていた。いいかげんナギさんの扱いをどうしたものかと思っているのだろう。

俺も困った。

「ポチ、ユマ、お待たせ～」

すぐだと思ったから軽トラから降ろさなかったのだ。

おっちゃんちにまっすぐ向かう。なんかサイドミラーに映っている。うわ、もしかしてつけてきてる？　こっちもストーカーかよと思ってげんなりした。しばらく走ってからおっちゃんちの敷地内に入り、軽トラを停(と)めた。

ユマとポチを下ろすと、ポチが来た道を戻って行こうとした。

「ポチ？」

そっちは道路だから危ないぞと声をかけようとしたら、サイドミラーに映っていた車がちら、と道路脇のミラーに映っていた。やっぱりつけてきていたらしい。うわ、マジでうざい。

「ポチ、気にしなくていいよ」

戻るように言って、俺もおっちゃんちに入った。ガラス戸を閉めて、その場にへなへなと崩れた。

「あら、昇(しょう)ちゃんいらっしゃい。どうしたの？」

「……すみません、ちょっと電話させてください」

こんな時どうしたらいいんだろう。あの人は俺と桂木さんに何か関係があると思っているんだろうか。それとも一応知っている人だから総当たり的なかんじなのだろうか。ナル山の隣山に住んでいるからなのかもしれない。

桂木さんはすぐに電話に出た。

「佐野さん？　どうしました？」

「ごめん。今日は買い出し行けそうもない」

「あ、ならいいですよ」

「……今日は山から出ないでくれ」

「…………」

　俺もどう言ったらいいのかわからなくて、こんな言い方しかできない。それで桂木さんが察してしまったのは申し訳ないと思った。

「……マジですかぁ……」

「うん、なんか雑貨屋行ったらつけられた。今おっちゃんちだけど」

「キモッ！　なんなんですかね、あの人。……わかりました」

「ん？　何が？」

「今まで黙っててもらってすみませんでした。私の事情、湯本（ゆもと）さんとか相川さんに話していいですよ。私からも後で電話しますね」

「いや、そこまでは……」

　血の気が引いた。俺だけでは桂木さんのことを守れないとわかってはいた。でもこんな形で、誰（だれ）にも知られたくなかっただろう過去を話さなければいけないなんてことはない。

「ごめん。……本当に悪いんだけど、俺からは話せないよ」

「ですよね。ごめんなさい。私から話しますね」

　なんでほっといてくれないんだろう。俺も、桂木さんも精いっぱい生きてる。なんでこんな理不尽なことが起こるんだろう。

　電話を切ったら、今度はおばさんの携帯が鳴りだした。この勢いで話してしまおうということなのだろう。

「もしもし、みやちゃん？　どうしたの？」

おばさんに上がって上がってと手で示されて、俺は居間に上がった。おっちゃんがいた。

「おう、昇平。どうしたんだ、しけたツラして」

「ええまぁいろいろありまして……」

自分のことだってまだしっかりとは消化できてないのに、人のことを俺だけでどうこうできるはずがなかったのだ。でもできれば、彼女には話さないままでいさせてあげたかった。

「うん、うん……そう、よく話してくれたわね。大丈夫、もう大丈夫よ。おばさんにまかせなさい」

居間の向こうから聞こえてきたおばさんの声がすごく頼もしかった。

「アンタ！　変質者を捕まえに行くわよ！」

携帯電話を持ったまま、居間にやってきたおばさんの第一声はそれだった。

「おう！　それは捕まえねえとな！」

ストーカーって確かに変質者だよな。なんでカタカナにしちゃったんだろう。変質者のままでよかったじゃないか。

まだ電話は繋がっていたようで、おばさんは桂木さんと話したり、おっちゃんと話したりとせわしない。やっと方針が決まったのか、

「捕まえたら昇ちゃんから電話させるから！　え？　ワン切りでいい？　昇ちゃん、わかる？」

「わかりました」

おばさんはワン切りがわからなかったらしい。

「じゃ、ちょっと行ってくるわ。昇ちゃんはそこらへんのもの摘まんでてね！」

おばさんは元気よくそう言うと、農作業をする時の帽子を被っておっちゃんと出て行った。

「……俺って、役立たず……」

座卓に突っ伏した。ナギさんのストーキングに怯えて桂木さんに泣きつくトカなんなんだろう。俺は乙女か。自己嫌悪でぐだぐだやっていたら、そうしばらくも経たないうちに玄関の戸がガラガラと開く音がした。

「ほら、入って入って！」

「お、お邪魔します……」

すげえ、と思った。おばさんは本当に変質者を捕まえてきてしまったらしい。

「お客さん？」

何気なく居間のガラス障子を開けたら、思った通りナギさんがいた。

「あれ？　ナギさんじゃないですか。どうしたんですか？」

「あ……先ほどぶりです……その、道に迷ってしまって……」

へー、ふーん、ほー。道に迷ったって俺の後はつけてこないと思うけどなー。

「そうなんですか。おばさん、どうしたんです？」

とりあえず話合わせにとぼけた。

「下のところで野草をね、摘もうと思って行ったじゃない？　そしたら見たことある人がいるじゃない！　もー、イケメンだから強引に連れてきちゃったのよー！」

ミーハーなかんじの強引なおばさんには誰も逆らえない。

「ああ、そうだったんですか……」

「いっぱい山菜採ってきたからねー。食べて食べてー。ほら、こんなに！」

採ってきたという山菜の量を見せてもらった。本当にすごい量だった。

「えー……じゃあ桂木さんにも声かけます？」

「いいわねー、電話してちょうだい」

「はーい」

自然なかんじで呼び寄せることになった。ナギさんの目が怖い。

「あ、あのっ……」

「はい？」

「桂木さん、て……」

「ああ、隣山に住んでるお嬢さんですよ。最近話すようになったんです」

「そ、そうなんですか……」

ギンッ！　ってかんじで睨(にら)まれる。なんで男女が知り合うとすぐそっち方面に話が向かうと思うんだろう。あ、自分がそうだからか。

「みやちゃんはいい子だよなー」

おっちゃんがへたくそな演技をする。しゃべらない方がいいかもしれない。

「みやちゃん!?　桂木さんて、もしかして下の名前は実弥子(みやこ)さんじゃないですか？」

「え？　知ってるんですか？」

やなビンゴだなぁと思う。本当にナギさんてそうだったのかーと思ってげんなりした。ＧＷに来て、お盆にも来て、また今回の連休にも来るとか、まんま変質者だよな。だって桂木さんの地元ってここからけっこう遠いって聞いてるし。怖い怖い。

「はい……みやちゃんを探してたんです。……よかった」

よくねえよ。全然よくねえよ。てめえのおかげで桂木さん怯えまくってたいへんだったんだぞ。

俺も怖くて内心がくがく震えてんだぞ。（超情けない）

「天ぷらいっぱい揚げるから食べてねー」

「はーい」

「……ありがとうございます」

もりもり食べながらとりあえず話を聞いてみることにした。

「なんで桂木さんのこと探してたんですか？」

「ええと……その……プライベートなことなので……」

ふーん、へー、ほー。プライバシーの侵害って話なら変質者やってる時点で十分じゃないかなー。

「そうなんですか」

話さないならそれでいい。桂木さんが来てから聞けばいいだけの話だ。

山菜の天ぷらうめえ。

「おばさん、桂木さんの分もある？」

「大丈夫よー。みやちゃんが来たらまた改めて揚げるからー」

「はーい」

そういうことなら食べてしまってもいいだろう。きのこは後できのこ鍋にしてくれるそうだ。山菜もいいものだな。

スマホが鳴った。

「はい。わかった、行くよ。桂木さん来たみたいなんで、車の誘導してきますね」

「おー、いってこいいってこい」

「じゃあ、僕も」

「ナギさんは食べててください」

立ち上がろうとするナギさんをやんわりと制して、俺は急いで表へ出た。

「佐野さん、すみません」

桂木さんの軽トラはうちの軽トラの奥に停めてもらった。今日はドラゴンさんも一緒である。

「俺の方こそ、ごめん。なんの役にも立たなくて……」

「そんなことないです。私も逃げてばかりじゃだめだって気づきました。ありがとうございます」

ドラゴンさんには家の陰にいてもらうようにした。何かあれば威嚇してくれるだろう。

桂木さんは化粧もばっちりで、戦闘準備完了という風に見えた。

「私、ちゃんと過去と向き合いますから。すみませんけど、佐野さんは見守っていてくださいね」

「うん、わかった」

そう言う桂木さんはとても頼もしくて、やっぱり俺が乙女なんじゃないかと思ってしまった。

化粧はばっちりだったけど、恰好はいつもの作業服だ。その方が彼女らしいと俺も思う。山で暮らす俺たちにとって、作業服は立派な戦闘服なのだから。

「あ、あと相川さんにも連絡してもらっていいですか？　もうぶっちゃけみなさんに知っておいてもらった方が話が早いと思うんですよね！」

「え？　今呼ぶの？」

さすがに呼んでも遅いんじゃないかなと思う。

「あの人の件についてはみなさんに迷惑かけたんでー……もし来られるならで！」

「そうだね、一気に片付けちゃった方がいいか」

それに、とも思う。相川さんには悪いけど、桂木さんのカレシ的な位置にいてもらえたらナギさんも諦めるかもしれない。俺？　俺じゃ顔面偏差値が足りないんだよ、くそう。

ってことで急いで電話した。相川さんはすぐに出てくれた。

「相川さん、すみません。今ごみ拾いの時に来ていたナギさんも来てまして……」

「え？　あの人この辺りの人じゃないですよね？」

急いで簡単に事情を話し、一人で来てもらうことにした。間に合わなければそれはそれでいいけど、できるだけ早くということで。

「わかった。急いで行くよ」

なんて頼もしい。口調まで変わっている。

で、改めておっちゃんちの玄関の戸を開けた。

「桂木さん、来ましたよー」

「おー、おせーじゃねーか。何してたんだ？」

おっちゃんに突っ込まれた。

「すみません、タツキがなかなか収まる位置を決められなかったみたいでー」

桂木さんが頭を掻いて言い訳をする。

「そっか、それじゃしょうがねーな」

ガハハとおっちゃんが笑う。

ガタッとナギさんが立ち上がった。

「みやちゃんっ……！」

それはまるで、離れ離れになっていた恋人をやっと見つけたような、そんな表情をしていた。

対する桂木さんは何コイツ？　みたいな表情である。ちょっと怖い。

「ナギさん？　いるとは聞きましたけど、ここで何してるんですか？」

「あ、いや、その……道に迷ってたところを助けてもらって……図々しくごちそうになってたんだ……」

「へえ。なんでこの村にいるんです？　仕事はいいんですか？」

そう言いながら桂木さんは俺の隣に腰掛けた。俺を挟んだ反対側にナギさんが腰掛けている。俺は二人に挟まれた形だ。

「大丈夫だよ。今日は休日だからね……みやちゃんは相変わらず優しいね」

それはいわゆる猫なで声というやつで、さすがに鳥肌が立った。怖い、やっぱりこの人やヴぁい。

「いただきまーす」

「おう、食え食え」

桂木さんは聞いていないようによそられたごはんを食べ始めた。もぐもぐとある程度食べてから、桂木さんがまた口を開いた。

「で、なんでこの村にいるんですか？」

「いや、それは、その……君を探しに……」

「なんで私を探すんです？　もう何も関係ないじゃないですか」

ナギさんは俺たちの顔を見た。ここで話していいのかどうか考えているようだった。

「ここにいる方々には私の事情は話しましたよ。でもなんで全く関係ないナギさんが来たんですか？」

ナギさんは俯いた。

「……いやその……謝りたくて……」

「何を？」

ナギさんは嘆息した。

「アイツ、みやちゃんと別れてから他の女性と付き合い始めてさ」

「へー、それはよかったです」

「で、すぐに同棲して……相手の女性を殴ったとかでまた捕まったんだよ」

「へー」

桂木さんはさもありなんという表情をした。

「それで……今まで友達やってたけど、そういう奴だったんだなってやっと気づいて……。みやちゃんにひどいことをしたなと思ったんだ。本当に、あの時は無神経なことを言ってごめん」

「ええ、無神経でしたね。アイツはイイ奴だからチャンスを与えてやってくれないかとか、何あほなこと言ってんのかと思いました。謝罪は受け入れましたからお帰りください」

「……え……いや、それだけじゃなくて……」

けんもほろろとはこのことだろうと思う。覚悟した女性ってすごいなと純粋に感動した。

「それ以外にもまだ何かあるんですか？」

「みやちゃん、今更こんなことを言う資格はないかもしれないけど……。僕はあんなにアイツを擁護するようなことを言ったけど、それは君に会いたかったからだってやっと気づいたんだ。君が好きだ。遠距離でもいいから、僕と付き合ってくれないか？」

やっぱりーと思ったけどここで言うか？　とも思う。桂木さんに関わりたくてしょうがないからＤＶ野郎の肩を持つようなことを言ってたってわけかー。それって逆効果じゃね？

「……は……？」

その返事はにべもなかった。

「嫌ですよ」

ナギさんが絶望したような表情をした。え？　なんで受け入れられると思ったわけ？　ねえねえ？　って超つつきたい。

「そんな……僕はアイツとも縁を切ってきた。ずっと君を探し続けてここまで来たのにっ！」

うわーん、思考回路が怖いよー。お巡りさん、変質者がここにいますー。

「それはナギさんの都合じゃないですか。私大きいトカゲを飼ってるんですよねー。それをまず受け入れられる人じゃないとだめなんですよー」

桂木さんがにこにこしながら言う。どうやらドラゴンさんを見せてけん制するようだ。

「お、大トカゲ？」

「ええ、私いつも大トカゲのタツキと一緒なんです。だからタツキを受け入れてくれる人じゃないとだめなんですよね〜」

「そ、それなら僕だって受け入れられるよっ！」

ナギさんの目がキラキラしている。大トカゲのサイズ感がわからないんだろうなと少しだけ同情した。

「タツキはいつでも私と一緒なんで、タツキを軽々持てるぐらいじゃないと無理なんですよね〜」

ドラゴンさんを持てる人いんのかな。確か木本さんに診てもらった時すでに、七十キログラムぐらいになってたんじゃなかったっけ？　でもあの時は測れなかったんだっけか？　ドラゴンさん、けっこう鱗が攻撃的だった気がする。なんか抱えたらざくざく刺さりそうだなって思うのだが大丈夫なんだろうか。

「大トカゲぐらい持ってみせるよ！」

「本当ですか〜？　じゃあ試すだけ試してみてくださいね〜」

桂木さんの顔はにこにこしているんだけど……目が笑ってないよ！　怖いよ！

ナギさんは全然気づいていないようで、桂木さんが食べ終わるのを待っていた。桂木さんはことさらゆっくりと味わうように食べている。俺もなんか食べ物が喉を通りそうもなかったけど、どうにか食べた。うん、天ぷらはおいしい。おいしいんだけど……両隣がなんか怖いよー。相川さん早く来てえええ！

やっぱり俺って乙女ポジションなんだろうか。おっちゃんを見ると、にやにやしていた。なんなのこれ。誰か助けて。

「あーおいしかった！」

桂木さんがやっと満足そうにお箸(はし)を置き、手を合わせた。

「これからきのこ鍋を出すわよ～」

おばさんから声がかかる。桂木さんは少し考えるような顔をしたが、目的を果たすことを優先することにしたようだった。

「んー、ちょっとナギさんにタツキを紹介するので、その後でいいですか？」

「あらそう？　じゃあ終わったら声かけてね」

「みやちゃん、なんなら僕は後でも……」

「いえ、こういうことは早い方がいいんで。……それとも」

ナギさんも桂木さんもにこやかな顔をしていたが、そこで桂木さんが真顔になった。

「……うちのかわいい大トカゲが怖いんですか？」

「そ、そんなことはないよ。……是非見せてほしい」

こわいよーこわいよーこわいよー。相川さーん早く来てえええ！

二人に挟まれて俺はべそをかきたくなった。本当に俺ってば情けなさすぎて泣ける。

「ほら、佐野さんも。ちゃんと見届けてくださいよー」

「ああ、うん……」

ものすごく気が進まなかったけど今の桂木さんには逆らえない。俺も覚悟を決めて立ち上がった。

「佐野さんはどうして……？」

ナギさんが邪魔者を見るような目をした。気持ちはわかるけどね。わかってるけどね。一応俺、桂木さんのお兄ちゃん役なんだよ。

「えー？　だって、うちのかわいい大トカゲがナギさんを気に食わなかったらたいへんじゃないですか。何かあった時止めてもらう為に来てもらうんですよー」

え。ナニソレコワイ。言っとくけど俺なんかじゃドラゴンさんは止められないよ？　止められないからね！

ナギさんは一気に蒼褪めた。

「み、みやちゃん……？」

「なんですかー？」

「そ、そんな危険なトカゲと住んでいるなんて……僕は心配……」

声が震えている。もしかして爬虫類だめとか？　だめじゃなくても「止めてもらう為に」なんて言われたらこわいかもしれない。

「ええー？　山で暮らしてたらもっと危険な生き物でいっぱいですよー？　なんかクマが出たかもしれないんで今度見てもらいますし」

「ク、クマぁ⁉」

山だからね。奥深くにはいてもおかしくないね。絶対に遭いたくはないけどな。

「スズメバチの巣もけっこう見ますしねー」

「スズメバチ⁉　危険じゃないか！」

玄関から外に出る。今日もいい天気だ。秋の雲はあんまり固まっていないように見える。

「ええとっても危険ですよね。虫も多いですし。でも……」

桂木さんはナギさんに向き直った。

「自分の部屋で、自分の彼氏に、くだらない理由で何度も殴られるよりはずっとずっと幸せですよ」

声が、出なかった。

守られているはずの部屋で、守られるべき相手に、なんて。

俺は何が何でも、ナギさんを桂木さんに会わせてはいけなかったんだ。

「……み、みやちゃん……」

桂木さんは真剣な表情をすぐに笑顔に戻した。

「なーんてね。タツキは私を守ってくれるんです。だから、タツキを受け入れられない人とは無理なんです。タツキ、ちょっと来て」

家の横の陰にいたドラゴンさんがゆっくりと身体を起こした。頭から尻尾までで二メートル五十センチもある巨大なトカゲだ。尻尾の部分が相当長いから思ったよりスリムだけど。

「え!? ト、トカゲ?」

ナギさんは蒼褪めた。

「ええ、コモドドラゴンじゃないかなーって思ってるんですけどね。ね、大きいでしょう?」

「そ、そうだね……」

「タツキは優秀なんですよ。この間シカも捕まえてくれましたし」

「し、シカ？　シカをどうしたんだい？」

ナギさんの動揺が激しい。桂木さんはそれに気づいていないように無邪気に言う。

「生け捕りにしてくれたのでみなさんでおいしくいただきましたよー」

「ええ？　シカを食べたのか!?」

そんなに驚くようなことだろうか。ナギさんは信じられないというように首を振った。

「そんな野蛮な……」

何が野蛮だというんだ。俺もさすがにムッとした。

「野蛮って何がですか？　この辺りのシカは数が増えすぎてもう害獣扱いですよ？」

「そうなんですか……ですが……」

「シカ、すごくおいしかったですよ。また食べたいですね、佐野さん」

「うん、そうだね」

空気を読まないかんじの対応、桂木さんはさすがだと思う。

「ナギさん、タツキに挨拶(あいさつ)してください」

さすがのナギさんもこの状況に違和感を覚えたようだった。

「あ、ああ……」

「み、みやちゃん、あのさ……」

「なんですかー？」

ちょうどその時、車の音がした。そちらを見ると、相川さんの軽トラが入ってくるところだった。

窓が開く。

「あ、佐野……いや、実弥子さん。どこに停(と)めればいいですか？」

相川さんはいつも通り俺に聞こうとしたが、すぐに思い直して桂木さんに声をかけた。

「そうですねー、停めるところ……」

いつもより車が停まっているもんな、と思ったらナギさんがあからさまにほっとした顔をした。

「や、やだなぁ、みやちゃん……こんなカッコイイ彼氏がいるなら言ってよ！　じゃ、じゃあ、僕はこれで！」

ナギさんは転げるようにして自分の車に戻ると、すぐにエンジンをかけた。

「僕はもう帰りますんで、ここに停めてください！　じゃあみやちゃんお幸せに‼」

「……はーい、ありがとうございます……」

ナギさんの車は逃げるようにおっちゃんちの敷地から出て行った。

……あんな人だったのか。

拍子抜けした。

車の音が遠ざかっていく。あの人荷物とか忘れてってないよな。確か手ぶらで上がってきたよな。

相川さんは呆気にとられたような顔をしたが、気を取り直したように軽トラを停めた。ふーんだ、どうせ俺は顔面偏差値が足りてませんよーだ。

「何アレ」

桂木さんがぼそっと呟いた。

「……あんなのに怯えてたとか、バカみたい」

そう呟いた桂木さんの顔は晴れやかだった。

ふと、おっちゃんちの玄関を見やった。……二人の顔が覗いていた。俺と目が合ったからか、くしゃっと顔を崩して笑い、手を軽く振って引っ込んだ。

もう大丈夫だ、と思った。

桂木さんがお願いして、ドラゴンさんには元の場所に戻ってもらった。巻き込んでごめんねーというやつだ。

ドラゴンさんは全く気にしていなかったようで、家の陰にまた寝そべった。本当に頼もしいなと思った。

みんなで集まっていたせいか、ポチとユマもツッタカターと駆けてきた。なんでいるのー？　と言うように桂木さんと相川さんの周りをぐるぐる回ってから止まり、二羽でコキャッと首を傾げた。なんだこれすんげえかわいい。

「えー、えー？　ユマちゃんもポチさんもかわいいー！　やっぱりニワトリいいですねー」

桂木さんが両手を合わせて和んでくれたのでよかった。

「でも今から飼ってもタツキの餌になっちゃいますね～」

桂木さんが笑いながら言う。俺は顔を引きつらせた。

「そ、そうだね……」

うちのニワトリと初めて顔を合わせたのはおっちゃんちだったか。さすがにドラゴンさんが人んちで狩りはしなかったのと、きちんと場を整えたから無事だったのかもしれない。ニワトリたちも当時すでにけっこうな大きさになっていたし。

うん、出会ったのはあのタイミングだったからよかったんだ。そういうことにしておこう。

「えっと……桂木さん。さっきは名前を呼んでしまってすみませんでした」

相川さんが少し離れたところで、桂木さんに謝った。

「いえいえ～。相川さんのおかげで撃退できたので気になさらないでください。本当に助かりました」

ユマにツンと軽くつつかれた。

「ああ、何でもないよ大丈夫。遊んできていいよ」

ユマとポチは頷(うなず)くように首を上下に動かして、またツッタカターと畑の方へ駆けて行った。平和だなー。

ちょっと現実逃避してみた。

「……タイミングがよかったんですかね」

「おそらくはそうかと思います。タツキを認められない人は無理って言いましたから」

「ああ……」

相川さんは横目でドラゴンさんを見た。そして納得したように頷いた。

桂木さんはにこにこしていたが、はっとしたような顔をした。

「あ、あのっ、相川さん！」

「はい？」

「あのっ、今回のことはそのっ、彼女さんにはご内密に……」

「彼女……？　……ああ、ええ、まぁ言いませんから大丈夫です」

相川さんは苦笑した。リンさんを彼女に設定していたことを忘れていたらしい。危なかった。

「……よかった……佐野さんもっ、絶対に言っちゃだめですよっ！」

「うん」

多分今日のことを教えたところでリンさんは気にしないとは思うが……っていや、リンさんは本当に気にしないのか？　ちょっと疑問に思った。

「おーい、お前ら。いつまで駄弁ってんだ、きのこ鍋(なべ)できたぞー！」

「はーい！」

おっちゃんがしびれを切らして玄関から声をかけてきた。みんなでよい子かって返事をして、おっちゃんちに入った。

みんなでつついたきのこ鍋はとてもおいしかった。なんかなめこがお化けみたいなでかさだった。

「こんなに成長するんですね～」

「育ちすぎるとぬめりが減るんだよな～」

確かにスーパーとかで買うなめこは小さいけどぬめりがすごい。お化けなめこはそれほどぬめぬめしているかんじではなかった。これはこれで歯ごたえがあっておいしいからありだと思ったけど、自分で採るのはやめた方がいいだろう。

「僕までご相伴に与(あずか)ってしまってすいません」

相川さんが嬉(うれ)しそうに言う。

「相川さん、ごはんもあるわよ。足りなかったら言ってね～」

「ありがとうございます」

おばさんはとても嬉しそうだ。これだからイケメンは！　と目が三角になってしまうが、イケメンにはイケメンなりの苦労があるのだと俺も知った。でも俺はイケメンじゃなかったからナギさんを撃退できなかった。済んだことではあるが非常にもやもやしていた。

「どうにかなってよかったわね」

「はい。みなさんには多大なご迷惑を……」

おばさんにしみじみ言われて、桂木さんは頭を下げようとした……が、おっちゃんに止められた。

「桂木さんが謝る必要はねえ。謝るとしたらあのナギとかいう若造だ。全く、食うだけ食って挨拶もしねえで帰りやがった！」

それも腹が立つとは思う。

「謝りにきたとか、本当は好きだったとか勝手なことばかり言いやがって。あんな男は最低だ！」

おっちゃんがパアン！　と自分の膝を叩いた。

「今度来やがったらぎったんぎったんにしてやるから任せとけ！」

ジャイ○ンか。一応どこぞの方言っぽいけど。桂木さんが楽しそうに手を叩いた。

「わー、すごく頼もしいです。……ありがとうございます……」

礼を言って頭を下げる桂木さんの目に光るものが浮かんでいたように見えたけど、俺は見なかったフリをした。

これで一応ナギさん騒動は終わった。あんな転げるようにして逃げて行ったのだ。さすがにもう二度とこの村にはこないだろう。一応桂木さんは山中さんに報告をして、実家にも話をすると言っていた。それで全て終わりだろうと思う。

山菜はおいしかったし、きのこ鍋も絶品だったけど、なんか食べた気がしなかった。でも贅沢を言ったら罰が当たるよな。なんともいえないもやもやを抱えてポチとユマを呼ぶ。そろそろ帰らないとすぐに暗くなってしまいそうだ。

桂木さんが近づいてきた。

「佐野さん」

「桂木さん、今日は本当に……」

自分があまりにも不甲斐なくて、自分からは話しかけることができなかった。桂木さんは俺に向かって深々と頭を下げた。

「佐野さん、本当にありがとうございました」

「………え?」

「佐野さんがいなかったら、私あの人と会えなかったと思います。ずっと山に閉じこもって、ただ泣きながら震えてただけだったと思うんです」

「そんな、ことは……」

「絶対に、そうだったんです。佐野さんがいるから、絶対フォローしてくれると思ったから向き合うことができました。このお礼はまた今度しますね!」

「え? いや、礼、なんて……」

「私の気が済まないからしたいんです! お礼ぐらいさせてください!」

ぐいぐいこられてたじたじになる。

「あ、うん……」

かなわないなって思う。

ポチとユマが軽トラに収まり、ドラゴンさんも荷台に乗った。

「次は、私が佐野さんを助けますから! 相川さんには負けませんよっ!」

びしい! と桂木さんが相川さんを指さす。こらこら人を指さしちゃいけません。相川さんは僕? というように不思議そうな顔をして自分を指さした。

「それじゃまた、連絡しますねー！」

桂木さんは夕日で染まった顔を軽トラに引っ込めると、飛ぶように帰って行った。俺は相川さんと顔を見合わせて笑った。

夕日がとても赤い。落ちる前に帰るとしよう。

書き下ろし「カラーひよこを買ってみた」

三月の終わりに山に移り住んで三日後、俺は村の春祭りでカラーひよこを三羽手に入れた。

ひよこはちっちゃくてかわいい。ピイピイ、ピヨピヨ鳴いていてかわいい。せっかくひよこの寝床として作ったダンボール箱からすぐ出ようとするのもいてかわいい。

まぁうんなんだ。何をしててもかわいいんだ。

まだ山の上は寒いから、ダンボール箱の中にインコ用のヒーターを入れているが朝は三羽で固まっていることが多い。でもこの居間が一番暖かいからタオルやバスタオルをかけたりして調整はしている。弱いんだから大事にしないとな。

餌もしっかり食べるし、糞もする。糞をするとピヨピヨと鳴く声がうるさくなる。片付けろってことですね、はいはい。

箱の中に敷いた新聞紙を入れ替えればキレイになる。ひよこは手がかかるけどとってもかわいい。

ひよこのふわふわの羽毛に触れてにこにこしてしまった。

まだ買って二日というところだが、ひよこにはちょっと気になるところがある。

それは尾だ。

ひよこの黄色いふわふわの羽毛の、おしりの辺りから黒っぽいトカゲみたいな尾が出ているのである。

最初何かがついているのかなと思って摘まんで持ち上げたら、ひよこも釣れてしまった。

「あ、ごめん！」

慌てて下ろしたら、ポテッと座ったのが立ち上がってピヨピヨ鳴きながら何度もつつかれた。

「ごめん、ごめんって。まさかついてると思わなくてさ！」

そうやってよくつついてくるのは頭に赤い色がついたタマである。タマはひとしきり俺をつついてからふんっというように尾を振った。まだ五センチメートルぐらいしかない尾だが、ひよこにこんなものついてるものなのか？　と首を傾げた。

そうして見てみると、頭に青い色がついていて、よくダンボール箱から脱走しようとするポチにも、緑色が頭についていて、箱からは出ないけどよくじっと俺を見上げているユマにも尾があった。

「あれえ？」

ひよこにはトカゲみたいな尾ってあるものなのか？

でも三羽共ついてるからついてるものなのかもしれないなと、俺は考えることを止めた。

だってひよこかわいい。

タマは気がつくと俺をつついたり何かをつついたりしているけど、小さいせいか全然痛くない。これってニワトリになってもつつくんだろーか。そしたらけっこう痛いのかな。ニワトリって躾できるんだっけ？

「あっ、ポチ。出ちゃだめだろ？」

嘴を引っかけ、短い脚を上げてどうにかダンボール箱から出ようとするポチもかわいい。両手でふんわり捕まえ、顔のところまで持ち上げてすりすりしたらいやーんというように避けようとする。

そんなところもかわいくてすりすりしてしまう。セクハラじゃないぞ。

ひよこって癒(いや)されるなぁ。

ポチを箱の中に戻したら反対側の隅に駆けてってまた登ろうとしている。バイタリティあるなと感心した。

ふと視線を感じて箱の中を見れば、ユマがじーっと俺を見上げていた。つぶらな瞳(ひとみ)がキラキラしているように見える。

「ユマ」

そっと両手で包むと手にすりすりしてくれるのがめちゃくちゃかわいい。

なんだこれ。甘えたのひよこたまらんぞ。

「ユマもかわいいなー」

両手で包んだまま持ち上げて頬(ほお)ですりすりしたら寄り添ってくれる。

ひよこの羽毛を堪能していたらまた視線を感じた。そちらを見ればタマがジト目をしていた。

「え？　タマ？　タマもすりすりするか？」

ユマを下ろしてタマに手を伸ばしたらつつかれて逃げられた。えー？　タマはツンデレか。そういうのもいるよな。

こんなひよこのうちから性格がはっきりしているのが面白い。

「あっ、ポチ！」

ポチはがんばって反対側の隅から無事脱出した。ポテッと箱の外に落ちてジタバタしている。すぐに捕まえなくては。

「こら、ポチ！　待てー！」

うまく尾を使って立ち上がったひよこは意外と速かった。

「ポチー！」

トトトトトッと居間を駆けて行く。これニワトリになったら絶対捕まえられなさそうだなと思ってしまった。どうにか尾を掴(つか)んで捕まえた。

ピイピイとポチにも抗議された。

「しょうがないだろ？　逃げるんだから。土間に落ちたらたいへんだろ？」

そうは言ってもポチはとても元気で、翌日には朝から土間に下ろすことになった。ひよこなのになんでそんなに体力あるんだよ。育ったら白色レグホンになると屋台のおじさんには聞いたのだが、実はめちゃくちゃでかくなる種類とかじゃないよな？

土間で作業をする時踏まないようにするのがたいへんだ。

尾も心なしか伸びているように見える。

「ポチ、運動もほどほどにな……？」

ポチは我関せずと土間で走り回っていた。

四日目にはタマが玄関のガラス戸をつつくようになった。まだひよこのつつき方ぐらいで割れたりはしないだろうが、育った時が心配である。

「タマ、そんなにつつかないでくれよ～」

今日の天気はどうだろうか。

ＴＶをつけたらひよこたちがビクッとした。まだＴＶの音には慣れないらしい。初めて来た時Ｔ

Vをつけたら一斉にピヨピヨ鳴かれたんだよな。宥めるのがたいへんだった。

天気予報は晴れだと言っていた。ここは山だから参考程度だが、降水確率を見れば降りそうもなかった。

「今日は晴れか……」

ちら、とひよこたちを見る。

ひよこってこれぐらいの大きさでも表に出していいものなんだろうか。まぁでもニワトリは外飼いでも平気なんだっけ？

試しに出してみるか。俺も一緒に出ればいいんだし。

「ちょっと戸を開けるから避けてくれなー」

そう言いながらガラス戸をつついているタマを掬い上げた。まだちっちゃくて捕まえやすい。

タマがピイピイ鳴きながら俺の手をつつく。すぐだって。

カラカラ……と戸を開けたら、土間でトトトトトッと走り回っていたポチが気づいて突進してきた。

「おおう……」

トトトトトトッ！　トーンッ！

足が引き戸のレールに引っかかったらしく、そのままポチは表の土にべちゃっと倒れた。

「ポ、ポチぃいいいいいいいいい!?」

慌ててタマを放してポチを両手で掬い上げる。怪我をしていないだろうか。ポチの羽毛についた土を軽く払い様子を見た。俺の手の中でくるんとポチが回るようにして顔を上げた。大丈夫そうでほっとした。

「ポチ、気を付けようなー」

顔のところまで持ち上げてすりすりしたら、またいやーんというように避けようとする。ええい、心配をかけたポチが悪いんだぞ。

ポチを表に下ろして周りを見る。いつのまにかタマの姿がなく、足元にはユマがいて俺を見上げていた。

「あれ？　タマは？」

ポチはそのまま草の少ない場所をトトトトトッと駆けて行った。

元気だな、あれ。

ユマを掬い上げて外に出た。タマは少し草が生えているところをつついていた。畑の辺りである。

小さい尾が機嫌良さそうに振られているのを見て和んだ。

そっか、ひよこって表に出してもいいんだよな。

それからは、天気が悪い日以外はひよこたちを表に出すことにした。

後日、ひよこにはトカゲみたいな尾がないということを知り、俺は頭を抱えた。

うちのひよこってなんなんだろうな？


おしまい。

あとがき

こんにちは、浅葱(あさぎ)です。

一巻の発売日から三か月が経(た)ちました。本屋にて、飛んでるもふもふのニワトリの絵を見かけて思わずフラフラとレジに持っていきましたという読者さん、ウェブからずっと読んで下さっている読者さんもありがとうございます。

「二巻の準備お願いしますー」と言ってくださった編集のWさん、今回もかわいいニワトリのイラストを描いて下さったしのさん、そしてこの本の出版に関わって下さった全(すべ)ての方に感謝を捧(ささ)げます。

もちろん執筆環境を整える為(ため)に尽力してくれるうちの家族にも感謝しています。

読書嫌いの息子さんに一巻を渡したら、一日で読み終え一言「早く続き出して」。その要望が聞こえたわけではないと思いますが、三か月後に二巻が出ました。とっても早いのです。ありがとうございます。

コミカライズも決まりました！　めでたい！　一巻の重版もありがとうございます。

これからもどうぞ、佐野君とニワトリたちをよろしくお願いします。

浅葱

寄生虫による食中毒にご注意ください（内閣府　食品安全委員会ＨＰ参照）

https://www.fsc.go.jp/sonota/kiseichu_foodpoisoning2.html

カドカワBOOKS

前略(ぜんりゃく)、山暮(やまぐ)らしを始(はじ)めました。2

2023年3月10日　初版発行

著者／浅葱(あさぎ)

発行者／山下直久

発行／株式会社KADOKAWA

〒102-8177
東京都千代田区富士見2-13-3
電話／0570-002-301（ナビダイヤル）

編集／カドカワBOOKS編集部

印刷所／大日本印刷

製本所／大日本印刷

ISBN 978-4-04-074928-0 C0093